EL CORAZÓN DE LAS TINIEBLAS

ALMA CLÁSICOS ILUSTRADOS

EL
CORAZÓN
DE LAS
TINIEBLAS

JOSEPH CONRAD

Traducción de Juan Gabriel Vásquez

Ilustrado por
David de las Heras

Título original: *Heart of Darkness*

© de esta edición:
Editorial Alma
Anders Producciones S.L., 2021
www.editorialalma.com

 @almaeditorial
 @Almaeditorial

© de la traducción: Juan Gabriel Vásquez
Traducción cedida por Sureda 57 Libros S.L., 2020

© de las ilustraciones: David de las Heras

Diseño de la colección: lookatcia.com
Diseño de cubierta: lookatcia.com
Maquetación y revisión: LocTeam, S.L.

ISBN: 978-84-18395-13-0
Depósito legal: B12423-2021

Impreso en España
Printed in Spain

Este libro contiene papel de color natural de alta calidad que no amarillea (deterioro por oxidación) con el paso del tiempo y proviene de bosques gestionados de manera sostenible.

ÍNDICE

———

CAPÍTULO I

La Nellie, una yola de recreo, borneó sobre su ancla sin un flameo de las velas y dejó de moverse. La pleamar se acercaba, el viento estaba casi en calma y, puesto que la nave se dirigía río abajo, nada podíamos hacer más que fondear y esperar el reflujo.

El estuario del Támesis se extendía ante nosotros como el comienzo de un canal interminable. A lo lejos, el cielo y el mar se veían soldados sin un empalme, y en el espacio luminoso las velas curtidas de las barcazas que se dejaban llevar por la marea parecían inmóviles, rojos racimos de lona en cuyos picos destellaba el barniz de las botavaras. Una bruma descansaba sobre las orillas bajas que se perdían en el mar como desvaneciéndose. El cielo se oscurecía sobre Gravesend, y más allá parecía condensarse en una lúgubre penumbra que pesaba, inmóvil, sobre la mayor y más grande ciudad de la tierra.

El director de las compañías era nuestro capitán y nuestro anfitrión. Nosotros cuatro contemplábamos con afecto su espalda mientras él, de pie en la proa, miraba hacia el mar. No había en todo el río nada que tuviera un aspecto tan marinero. Parecía un piloto, lo que para un marino viene a ser la personificación de lo confiable. Era difícil darse cuenta de que su oficio no estaba allí, en el estuario luminoso, sino detrás, en la inquietante penumbra.

Entre nosotros existía, como he dicho ya en alguna parte, el vínculo del mar. Además de mantener nuestros corazones unidos durante largos periodos de separación, aquello nos volvía tolerantes con los cuentos de los otros, y aun con sus convicciones. El abogado —el mejor de los viejos camaradas— tenía derecho, por sus muchos años y sus muchas virtudes, al único cojín de cubierta, y se había tendido sobre la única manta. El contador había sacado ya una caja de dominó y jugaba a hacer formas arquitectónicas con las fichas. Marlow estaba sentado a popa con las piernas cruzadas, recostado en el palo de mesana. Tenía las mejillas hundidas, la tez amarillenta, la espalda recta y un aspecto ascético, y así, con los brazos caídos y las palmas de las manos hacia fuera, parecía un ídolo. El director, satisfecho de que el ancla hubiera agarrado bien, se dirigió a popa y se sentó entre nosotros. Intercambiamos perezosamente algunas palabras. Después se hizo el silencio a bordo. Por una u otra razón no empezamos aquel juego de dominó. Nos sentíamos meditabundos y dispuestos tan solo a una plácida contemplación. El día se terminaba en la serenidad de un fulgor exquisito y callado. El agua brillaba pacíficamente, el cielo límpido era una benigna inmensidad de luz inmaculada, la niebla misma de los pantanos de Essex era como un fino tejido de malla radiante que colgara de las cuestas boscosas del interior y envolviera las orillas en diáfanos pliegues. Solo la penumbra que al oeste inquietaba las partes altas se hacía más sombría a cada minuto, como irritada por la cercanía del sol.

Y por fin el sol se hundió en su caída imperceptible y curva, y su blanco resplandeciente se convirtió en un rojo apagado sin rayos ni calor, como si estuviera a punto de extinguirse, herido de muerte por la perturbadora penumbra que flotaba sobre una multitud de seres humanos.

De inmediato se produjo un cambio sobre las aguas, y la serenidad se hizo menos brillante pero más profunda. El viejo río, a todo lo ancho de su estuario, descansaba sereno en el declinar del día, después de siglos de buenos servicios prestados a la raza que poblaba sus orillas, con la dignidad tranquila de un camino que lleva a los más apartados confines de la tierra. Observábamos la venerable corriente no con la vívida euforia de un día que viene y se va para siempre sino con la luz augusta de las memorias perdurables. Y en efecto nada es más fácil para el hombre que, como se dice, se ha «hecho a la mar» con reverencia y afecto, que evocar el gran espíritu del pasado en las zonas bajas del Támesis. La marea va y viene en su incesante servicio, abarrotada de memorias de hombres y barcos que ha llevado al descanso del hogar o a las batallas de los mares. Ha conocido y servido a todos los hombres que son orgullo de la nación, de sir Francis Drake a sir John Franklin, todos caballeros, con título o sin él, grandes caballeros andantes del mar. Ha llevado todos los barcos cuyos nombres son como joyas que resplandecen en la noche de los tiempos, desde el Golden Hind, que regresó con sus arqueados flancos llenos de tesoros para recibir la visita de su majestad la reina y desaparecer así del monumental relato, hasta el Erebus y el Terror, llamados a otras conquistas y que nunca regresaron. Conoció los barcos y a los hombres. Zarparon de Deptford, de Greenwich, de Erith: los aventureros y los colonos; los barcos del rey y los barcos mercantes; capitanes, almirantes, oscuros «mediadores» del comercio con Oriente y «generales» delegados de las flotas de las Indias Orientales. Cazadores de oro o buscadores de fama, todos salieron por esta corriente, llevando en la mano la espada o a veces la antorcha, mensajeros del poder de su tierra, portadores de la chispa del fuego sagrado. ¿Qué grandeza no habrá flotado en el reflujo del río hacia el misterio de tierras desconocidas? Los sueños de los hombres, la semilla de naciones mancomunadas, el germen de un imperio.

El sol se puso; el crepúsculo cayó sobre la corriente y se encendieron luces a lo largo de la orilla. El faro de Chapman, un objeto de tres patas erigido en una marisma, brillaba con fuerza. Luces de barcos se movían por el canal: un revuelo de luces que iban de arriba abajo. Y más al oeste, sobre las zonas altas, la ciudad monstruosa se hacía notar ominosamente en el cielo, una penumbra inquietante en la luz del sol, un resplandor desvaído bajo las estrellas.

—Y también este —dijo de repente Marlow— ha sido uno de los lugares oscuros de la tierra.

De entre nosotros era el único que seguía «haciéndose a la mar». Lo peor que podía decirse de él era que no representaba a su clase. Era un marino, pero también era un vagabundo, mientras que la mayor parte de los marinos lleva, por así decirlo, una vida sedentaria. Su temperamento es hogareño y su hogar siempre está con ellos —es el barco—, lo mismo que su patria —es el mar—. Cada barco se parece a los demás y el mar no cambia nunca. En la inmutabilidad del mundo que los rodea, las costas extrañas, los rostros extranjeros, la cambiante inmensidad de la vida, pasan deslizándose, velados no por una sensación de misterio sino por una ignorancia levemente desdeñosa, pues no hay nada misterioso para el marino como no sea el mismo mar, que es señor de su existencia y tan inescrutable como el destino. En cuanto al resto, tras sus horas de trabajo, un breve paseo o una excursión breve por la orilla les basta para revelarles los secretos de un continente entero, y por lo general les parece que el secreto no valía la pena. Los cuentos de los marinos tienen una sencillez directa cuyo significado entero cabe dentro de una cáscara de nuez. Pero Marlow no era típico (exceptuando su propensión a contar historias), y el significado de un episodio, para él, no estaba adentro, como una nuez, sino afuera, envolviendo el relato que lo ha hecho visible igual que un resplandor hace visible una neblina, semejante a unos de esos halos brumosos que a veces surgen a la luz espectral de la luna.

Su comentario no nos sorprendió en lo más mínimo. Era típico de Marlow. Lo aceptamos en silencio. Nadie se molestó siquiera en gruñir, y entonces, lentamente, Marlow dijo:

—Estaba pensando en tiempos remotos, cuando los romanos llegaron por primera vez, hace mil novecientos años: apenas el otro día. Este río comenzó a iluminarnos desde... ¿los caballeros andantes, dicen ustedes? Sí, pero ese tiempo es como una llama que corre por una llanura, como un relámpago en las nubes. Vivimos en ese parpadeo: ¡que dure mientras siga girando esta vieja tierra! Pero apenas ayer la oscuridad reinaba aquí. Imaginen lo que pudo sentir el comandante de un buen... cómo se llama... trirreme, que en el Mediterráneo recibe la orden de venir al norte; cruzar las Galias de prisa; encargarse de una de estas embarcaciones que los legionarios (unos artesanos maravillosos, debieron de ser) solían construir, aparentemente por centenas y en un par de meses, si damos crédito a los libros. Imagínenlo aquí, en el fin del mundo, sobre un mar plomizo, bajo un cielo del color del humo, en un barco tan rígido como un acordeón, remontando este río con mercancías, órdenes comerciales o lo que ustedes quieran. Bancos de arena, marismas, bosques, salvajes, poca cosa que comer para un hombre civilizado, y de beber nada más que agua del Támesis. Nada de vino de Falernia por estos lados, nada de atracar en la orilla. Aquí y allá un campamento militar perdido en la espesura como una aguja en un pajar... frío, niebla, tempestades, enfermedades, exilio y muerte: la muerte merodeando en el aire, en el agua, entre los arbustos. Debieron de caer como moscas, aquí. Y sí: aquel comandante lo consiguió. Y muy bien además, eso sin duda, y tampoco es que se lo haya pensado demasiado, salvo quizás después para jactarse de lo que le había tocado superar esta vez. Eran lo bastante hombres como para enfrentarse a la oscuridad. Y tal vez lo animaba mantener la vista fija sobre la posibilidad de un ascenso a la flota de Rávena, muy posible si tenía buenos amigos en Roma y sobrevivía a este clima de horror. O piensen en un ciudadano joven y honrado, vestido de toga, tal vez demasiado aficionado a los dados, que llega en el tren de algún prefecto, o recolector de impuestos, o aun comerciante, con la intención de reparar su fortuna. Desembarca en un pantano, marcha a través del bosque, y en algún puesto del interior siente el salvajismo. El más completo salvajismo lo ha rodeado: la misteriosa vida que se mueve en los bosques, en la jungla, en el corazón de los salvajes. Para tales misterios no hay iniciación que valga. Este hombre debe vivir en medio de lo incomprensible, lo cual también es detestable. Y todo eso, además, tiene una fascinación que lo trabaja. La fascinación de lo abominable, ya lo saben ustedes. Imaginen los lamentos crecientes, el deseo de escapar, el disgusto impotente, la rendición... El odio.

Hizo una pausa.

—Tengan en cuenta... —comenzó de nuevo, levantando un brazo, doblándolo con las palmas de las manos hacia fuera, de manera que así, con las piernas cruzadas, tenía el aspecto de un Buda de traje europeo predicando sin flor de loto—. Tengan en cuenta que ninguno de nosotros se sentiría exactamente así. Lo que nos salva es la eficiencia: la devoción por la eficiencia. Pero estos tipos tampoco eran de mucha consideración, de todas formas. No eran colonizadores, y su administración, me imagino yo, no era más que una máquina de apretar a la gente. Eran conquistadores, y para eso no se necesita más que fuerza bruta: nada de lo que se pueda uno jactar, cuando la tiene, pues su fuerza es solo un accidente que resulta de la debilidad ajena. Se apoderaban de todo lo que podían solo porque podían. Aquello no era más que robo con violencia, asesinatos con agravantes cometidos a gran escala, y los hombres entregándose ciegamente a ello, como suele suceder con quien se enfrenta a una oscuridad. La conquista de la tierra, que en realidad significa arrebatársela a los que tienen otro color de piel o narices más chatas que las nuestras, no es algo muy bello si lo mira uno de cerca. Lo que la redime es la idea. Una idea que la apoya, no una pretensión sentimental, sino una idea; y la convicción desinteresada en la idea: algo que podamos poner en algún sitio, ante lo cual nos podamos arrodillar, algo a lo cual podamos ofrecer sacrificios...

Se interrumpió. Sobre el río se deslizaban unas llamas, unas pequeñas llamas verdes, rojas, blancas, que se perseguían, se adelantaban las unas a las otras, se reunían y se cruzaban, y enseguida se separaban lenta o presurosamente. A medida que la noche se hacía más profunda, el tráfico de la gran ciudad continuaba por el río insomne. Nosotros seguíamos atentos, esperando con paciencia: no había más que hacer hasta el cambio de la marea; pero después de un largo silencio, con voz vacilante, dijo:

—Recordarán ustedes, supongo, que durante un tiempo me hice marinero de agua dulce.

Y fue entonces cuando nos supimos destinados a escuchar, antes de que empezara el reflujo, una de las experiencias inconclusas de Marlow.

—No quiero molestarlos con lo que me pasó a mí personalmente —comenzó, demostrando con este comentario la debilidad de muchos contadores de historias que a menudo no tienen ninguna conciencia de lo que su público preferiría escuchar—. Sin embargo, para entender el efecto que me causó aquello tendrán que enterarse de cómo llegué allá, lo que vi, cómo remonté el río hacia el lugar donde me encontré por primera vez con el pobre tipo. Era el punto navegable más lejano y el punto culminante de mi experiencia. De alguna manera echaba una especie de luz sobre todo mi ser, y sobre mis pensamientos. Era algo bastante sombrío, también... y lastimoso... En todo caso, nada extraordinario, ni tampoco demasiado claro. No. Nada claro. Y sin embargo parecía echar un poco de luz.

»Por entonces, como recordarán, yo acababa de volver a Londres después de un tiempo en el océano Índico, el Pacífico, los Mares del Sur: una buena dosis de Oriente, unos seis años más o menos. Andaba haraganeando por ahí, estorbándoles a ustedes en sus trabajos e invadiendo sus hogares como si tuviera la misión divina de civilizarlos. Aquello estuvo bien por un rato, pero luego me cansé de descansar. Entonces comencé a buscar un barco, lo cual es sin duda el trabajo más duro que hay sobre la tierra. Pero los barcos ni me miraban. Y acabé por cansarme también de ese juego.

»Ahora bien, cuando yo era niño me apasionaban los mapas. Me pasaba horas mirando Suramérica, o África, o Australia, perdiéndome en las glorias de la exploración. En aquel tiempo la tierra estaba llena de espacios en blanco y cuando veía alguno que me pareciera particularmente atractivo (pero todos lo parecen), le ponía el dedo encima y decía: "Cuando crezca, iré allí". El Polo Norte era uno de estos lugares, me acuerdo. Pues bien, todavía no he ido allí y ya no creo que lo intente. El encanto se ha desvanecido. Otros lugares había, dispersos por el ecuador y en todas las latitudes de los dos hemisferios. He estado en algunos de ellos y... bueno, mejor no hablemos de eso. Pero había uno, el más grande —el más en blanco, por así decirlo—, que me producía un anhelo especial.

»Es cierto que para entonces ya había dejado de ser un espacio en blanco. Desde mi niñez se había llenado de ríos y de lagos y de nombres. Había dejado de ser un espacio en blanco lleno de misterios deliciosos: un parche blanco sobre el que un niño podía soñar maravillosamente. Se había convertido en un lugar de oscuridad. Pero había en él un río en especial, un río grande y poderoso que visto sobre el mapa semejaba una inmensa serpiente desenrollada, con la cabeza en el mar, su cuerpo en reposo curvándose sobre un vasto territorio y su cola perdida en las profundidades de la tierra. Y mientras observaba el mapa en una vitrina, me fascinaba como hubiera fascinado la serpiente al pájaro: a un inocente pajarillo. Entonces recordé que existía una gran empresa, una compañía que comerciaba por ese río.

»"¡Caramba!", me dije, "no se puede comerciar sin algún tipo de embarcación en aquella extensión de agua fresca... ¡Barcos de vapor! ¿Por qué no intentar que me pongan al mando de uno de ellos?". Seguí caminando por Fleet Street, pero no pude quitarme la idea de la cabeza. La serpiente me había encantado.

»Entenderán ustedes que aquella sociedad de comercio era una empresa continental. Pero tengo muchos conocidos que viven en el continente, porque es barato y, según me dicen, no es tan desagradable como parece.

»Siento tener que admitir que empecé a importunarlos. Esto era algo nuevo para mí. No estaba acostumbrado a conseguir nada de ese modo, ¿saben? Siempre que deseé algo, hice mi propio camino sobre mis propias piernas para conseguirlo. No lo hubiera creído de mí mismo, pero la verdad, ya lo ven ustedes, es que sentía que debía ir allí por los medios que fuera. Así que los importuné. "Mi apreciado amigo", respondieron todos, y luego nada hicieron. Después —¿se lo podrán creer?— lo intenté con las mujeres. Yo, Charlie Marlow, puse a trabajar a las mujeres... ¡para conseguir un empleo! ¡Por todos los cielos! Verán, la idea me arrastraba. Tenía una tía, un alma entusiasta. Me escribió: "Será un placer. Estoy dispuesta a hacer cualquier cosa, cualquier cosa, por ti. La idea es magnífica. Conozco a la mujer de un alto personaje de la administración y también a un hombre que tiene mucha influencia con", etc., etc. Estaba decidida a no ahorrar esfuerzos para conseguir que me nombraran capitán de un vapor fluvial, si tal era mi deseo.

»Conseguí el nombramiento, por supuesto; y muy pronto. Parece que la compañía había recibido la noticia de que uno de sus capitanes había muerto en un enfrentamiento con los nativos. Era mi oportunidad y con ella se hizo mayor mi ansiedad de viajar. Fue solo meses y meses más tarde, al intentar recuperar lo que quedaba del cuerpo, cuando supe que el origen de la disputa había sido un malentendido acerca de unas gallinas. Sí, dos gallinas negras. Fresleven —así se llamaba el tipo, un danés— se creyó estafado en el negocio, así que bajó del barco y comenzó a golpear al jefe del poblado con un palo. No me sorprendió para nada escuchar esto y que me contaran al mismo tiempo que Fresleven era la criatura más amable y más tranquila jamás vista en la tierra. Lo era sin duda, pero llevaba ya dos años allá, comprometido con la noble causa, y probablemente sintió por fin la necesidad de hacer valer su autoridad de algún modo. De manera que procedió a apalear sin piedad al viejo negro mientras una muchedumbre de su gente observaba estupefacta, hasta que alguien —el hijo del jefe, según me dijeron—, desesperado por los gritos del viejo, hizo el intento de golpear al hombre blanco con su lanza, la cual terminó por supuesto atravesándolo fácilmente entre los omoplatos. Entonces todo el pueblo huyó hacia el bosque, esperando toda clase de calamidades, mientras, por otra parte, el vapor que Fresleven comandaba escapó también en pánico, dirigido, creo, por el maquinista. Los restos de Fresleven no le importaron mucho a nadie hasta que llegué yo y ocupé su lugar. No podía dejar así el asunto, sin embargo, pero cuando tuve por fin la oportunidad de conocer a mi predecesor, ya la hierba que le crecía entre las costillas era tan alta que ocultaba sus huesos. Estaban todos allí. El ser sobrenatural no había sido tocado después de su caída. El pueblo estaba desierto y las chozas eran bocas negras, pudriéndose torcidas tras el cerco derrumbado. Una calamidad le había sucedido, desde luego. La gente se había esfumado. Los había dispersado un terror enloquecido, y los hombres, las mujeres y los niños se habían internado en la espesura y nunca vuelto. Tampoco sé qué pasó con las gallinas. Creo, en cualquier caso, que fueron víctimas de la causa del progreso. Sea como sea, fue a través de este asunto como conseguí el puesto antes incluso de que hubiera comenzado a desearlo.

»Me di una prisa de locos para estar listo y antes de cuarenta y ocho horas ya estaba cruzando el canal para presentarme ante mis patrones y firmar el contrato. En pocas horas había llegado a una ciudad que siempre me hace pensar en un sepulcro blanqueado. Prejuicios, sin duda. No me fue difícil encontrar las oficinas de la compañía. Eran lo más importante de la ciudad y todo el mundo tenía que ver con ellas. Iban a dirigir un imperio en ultramar y las ganancias serían inimaginables.

»Una calle angosta y desierta entre sombras, casas altas, ventanas innumerables con persianas venecianas, un silencio de muerte, hierba creciendo entre las piedras, imponentes entradas para carruajes a izquierda y derecha, inmensos portones pesadamente entreabiertos. Entré por una de estas rendijas, subí por una escalera sobria y bien barrida, árida como un desierto, y abrí la primera puerta que me encontré. Dos mujeres, una gorda y la otra delgada, tejían con lana negra sentadas en sillas de asiento de paja. La delgada se puso de pie y se me acercó —siempre tejiendo y con la mirada baja— y justo cuando iba a quitarme de su camino, como se haría frente a un sonámbulo, se detuvo y levantó la vista. Llevaba un vestido liso como la funda de un paraguas, y se dio la vuelta sin decir palabra y entró delante de mí a una sala de espera. Di mi nombre y miré alrededor. Mesa de conferencias en el centro, sillas sobrias junto a las paredes, y en un extremo, un mapa grande y reluciente marcado con los colores del arcoíris. Había una gran porción de rojo —lo cual siempre es bueno de ver, pues sabe uno que allí se trabaja en serio—, otro tanto de azul, algo de verde, manchones de naranja y, en la costa oriental, un parche púrpura para indicar el lugar donde los alegres pioneros del progreso beben sus alegres cervezas. Sin embargo, yo no iría a ninguno de estos lugares. Iría al amarillo. Justo en el centro. Y allí estaba el río: fascinante, mortífero, como una serpiente. Se abrió una puerta, apareció una cabeza canosa y secretarial, pero de expresión compasiva, y un dedo huesudo me hizo seguir a un santuario. La luz allí era débil y había un pesado escritorio en el centro. De detrás de la estructura me llegó una impresión de palidez rolliza dentro de una levita. El gran hombre en persona. Debía de medir alrededor de un metro setenta, creo yo, y tenía en sus manos el destino de quién sabe cuántos millones. Imagino que nos dimos la mano, luego el hombre murmuró algo y quedó satisfecho con mi francés. *Bon voyage*.

»En cuestión de cuarenta y cinco segundos me encontré de nuevo en la sala de espera con la secretaria compasiva que, llena de desolación y

simpatía, me hizo firmar un documento. Me parece que me comprometí, entre otras cosas, a no revelar secretos comerciales. Pues bien, no lo haré.

»Me empecé a sentir incómodo. Ustedes saben que no estoy acostumbrado a semejantes ceremonias y había algo ominoso en el ambiente. Era como si me hubieran permitido la entrada a una conspiración, no lo sé. Algo no estaba bien, y fue un alivio irme de allí. En la primera habitación las mujeres seguían tejiendo febrilmente con sus lanas negras. La gente llegaba y la más joven iba de aquí para allá, presentándolos. La más vieja se quedaba en su silla. Apoyaba en un calentador para pies sus planas zapatillas de tela, y un gato reposaba en su regazo. Llevaba en la cabeza un artilugio blanco y almidonado, tenía una verruga en una mejilla y en su nariz se apoyaban unas gafas de montura de plata. Me miró por encima de las gafas. La placidez indiferente y breve de esa mirada me inquietó. Dos jóvenes con aspecto de alegres idiotas pasaron en ese momento, y ella les lanzó la misma mirada de despreocupada sabiduría. Parecía conocerlo todo de ellos y también de mí. Me invadió una desazón. La mujer tenía algo misterioso y fatídico. A menudo, cuando ya me encontraba allá afuera, pensé en aquellas dos mujeres que hacían guardia en el umbral de las tinieblas, tejiendo con lana negra como para una cálida mortaja, una de ellas presentando continuamente a todos ante lo desconocido, la otra escrutando los rostros idiotas y alegres con viejos ojos despreocupados. *"Ave!*, vieja tejedora de lana negra. *Morituri te salutant.*" De aquellos a los que miró, muy pocos la volvieron a ver: mucho menos de la mitad.

»Todavía quedaba una visita al médico. "Una simple formalidad", me aseguró la secretaria con aire de participar inmensamente de todas mis penas. Por consiguiente, un joven que llevaba el sombrero caído sobre la ceja izquierda, una especie de empleado, supongo —debía de haber empleados trabajando, aunque la casa estaba tan callada como un camposanto—, apareció de alguna parte del piso de arriba y me acompañó. Era de apariencia descuidada y llevaba ropa raída, manchas de tinta en las mangas de la chaqueta y una corbata grande y arrugada que le colgaba bajo el mentón, parecida a la puntera de una bota vieja. Era demasiado temprano para ver al doctor, así que propuse beber un trago, y en ese

18

instante le salió al joven una vena jovial. Frente a nuestros vermús, comenzó a elogiar los negocios de la compañía, y pronto le expresé casualmente mi sorpresa de que no se hubiera ido él para allá. De inmediato se volvió frío y compuesto. "No soy tan tonto como parezco, habló Platón ante sus discípulos", dijo sentenciosamente, vació su vaso con gran determinación y nos levantamos.

»El viejo médico me tomó el pulso, evidentemente pensando en otra cosa. "¡Bien! Todo bien aquí", masculló, y luego, con cierta impaciencia, me preguntó si podía medirme la cabeza. Dije que sí, algo sorprendido, y entonces el médico sacó una especie de calibrador y me midió por delante y por detrás y por todas partes mientras tomaba notas cuidadosamente. No se había afeitado; llevaba puestos un abrigo raído parecido a una gabardina y pantuflas, y me pareció un tonto inofensivo. "Siempre pido permiso, en interés de la ciencia, para medirles el cráneo a los que van allá", dijo. "¿Y también cuando vuelven?", pregunté. "Oh, nunca los vuelvo a ver", dijo, "y además, sabe usted, los cambios suceden en el interior". Sonrió como recordando una broma privada. "Así que usted se va para allá. Notable. E interesante, también." Me dirigió una mirada inquisitiva y anotó algo más. "¿Antecedentes de locura en su familia?", me preguntó con total naturalidad. Esto me molestó. "¿También me lo pregunta en interés de la ciencia?" "Para la ciencia", me dijo sin acusar recibo de mi irritación, "sería interesante observar los cambios mentales de los individuos que van allá, pero...". "¿Es usted alienista?", lo interrumpí. "Todo médico debería serlo, aunque fuera un poco", respondió imperturbable aquel excéntrico. "Tengo una pequeña teoría que ustedes, *messieurs* que van allá, deben ayudarme a probar. Esto es lo que me corresponde de los beneficios que mi país va a obtener con la posesión de tan magníficos dominios. La riqueza se la dejo a otros. Perdone mis preguntas, pero es usted el primer inglés que llego a examinar..." Me apresuré a asegurarle que no era yo para nada típico. "Si lo fuera", le dije, "no estaría hablando de esta forma con usted." "Lo que dice es muy profundo y probablemente errado", dijo riendo. "Evite irritarse aún más que exponerse al sol. *Adieu*. ¿Cómo dicen ustedes los ingleses, eh? Adiós. Eso es. Adiós. *Adieu*. En los trópicos se debe antes que nada mantener la calma..." Levantó el dedo índice con tono de advertencia: *"Du calme, du calme. Adieu"*.

»Quedaba una cosa por hacer: despedirme de mi maravillosa tía. La encontré exultante. Acepté una taza de té —la última taza de té decente que bebería en muchos días— y en una habitación que, para tranquilidad mía, tenía el aspecto preciso que debe tener la sala de una dama, tuvimos una larga y serena charla junto a la chimenea. En el curso de estas confidencias me quedó claro que había sido presentado ante la mujer del alto dignatario, y ante quién sabe cuántas más personas, como una criatura excepcional y talentosa, un verdadero hallazgo para la compañía, alguien que no se encuentra por ahí todos los días. ¡Santo cielo! ¡Y me iba a encargar de un vapor de río de tres al cuarto, con silbato incluido! Al parecer, sin embargo, yo iba a ser uno de los Trabajadores, con mayúscula, ya saben ustedes. Una especie de emisario de la luz, de apóstol de segunda clase. Había circulado un montón de tonterías así en la prensa y en las conversaciones de la gente, y la excelente mujer, que vivía en medio de las patrañas, se había visto arrastrada por ellas. Hablaba de "liberar a esos millones de ignorantes de sus costumbres espantosas", hasta que acabó, les juro, por incomodarme. Me atreví a insinuar que lo que buscaba la compañía era hacer dinero.

»"Se te olvida, Charlie, que el trabajador tiene derecho a su salario", dijo con vivacidad. Es extraño cuán lejos de la realidad viven las mujeres. Viven en su propio mundo, distinto a todos los que han sido y todos los que serán. Es demasiado hermoso, y si lo trataran de construir se vendría abajo antes del primer crepúsculo. Cualquiera de los malditos hechos que los hombres hemos aceptado desde el día de la creación lo derribaría de inmediato.

»Después me abrazó, me dijo que usara ropa de franela, que escribiera a menudo y todo eso, y me marché. En la calle, no sé por qué, me atacó la sensación de ser un impostor. Curioso que yo, que podía partir para cualquier lugar del mundo menos de veinticuatro horas después del aviso y pensando en ello menos de lo que otros piensan antes de cruzar la calle, tuve un momento... no diré de duda, pero sí de sobresalto, frente a aquel asunto tan común y corriente. Me sentía como si en vez de dirigirme al centro de un continente, estuviera a punto de partir hacia el centro de la tierra.

»Salí en un vapor francés que hizo escala en cada uno de los condenados puertos que hay allá, con el simple propósito, por lo que pude ver, de desembarcar soldados y empleados aduaneros. Yo observaba la costa. Mirar la costa a medida que se desliza ante el barco es como pensar en un enigma. Ahí está, delante de uno: sonriente, el ceño fruncido, incitante, imponente, malvada, insípida, salvaje, y siempre muda con aspecto de estar susurrando algo. "Ven a descubrirlo", dice. Esta casi no tenía rasgos, como si estuviera a medio hacer, con un aspecto de monótona adustez. El borde de una selva colosal, de un verde tan oscuro que parecía negro, orlado de espuma blanca, se extendía en una línea recta, como dibujada con regla, a lo lejos, siguiendo el largo de un mar azul cuyo brillo quedaba opacado por la neblina creciente. El sol era feroz, la tierra parecía relucir como si goteara vapor. Aquí y allá aparecían manchas grisáceas o blancuzcas, apiñadas en la espuma blanca, acaso con una bandera ondeando sobre ellas: asentamientos de varios siglos de edad que no tenían todavía el tamaño de una cabeza de alfiler sobre la extensión virgen que los rodeaba. Avanzábamos a golpes, nos deteníamos, desembarcábamos soldados, continuábamos, desembarcábamos empleados aduaneros para que recaudaran peaje en lo que parecía una jungla dejada de la mano de Dios con nada más que un cobertizo de hojalata y un asta de bandera, desembarcábamos más soldados (para proteger a los empleados aduaneros, presumiblemente). Algunos, según escuché, se ahogaban en el oleaje, pero a nadie parecía importarle si eso era cierto o no. Simplemente los arrojaban allí y seguíamos nuestro camino. Cada día la costa se veía igual, como si no nos hubiésemos movido, pero pasamos por varios lugares, lugares de comercio con nombres como Gran' Bassam o Little Popo que parecían salir de alguna farsa actuada frente a un telón de fondo negro y siniestro. La ociosidad del pasajero, mi aislamiento en medio de aquellos hombres a quienes nada me unía, el mar aceitoso y lánguido, la uniforme opacidad de la costa, parecían mantenerme apartado de la verdad de las cosas, en medio del esfuerzo de un engaño penoso y sin sentido. La voz del oleaje que se escuchaba de vez en cuando era un placer, como la voz de un hermano. Era algo natural: tenía una razón de ser, tenía un significado. De vez en cuando un bote de remos venía de la orilla para darnos un breve contacto con la realidad. Los remeros eran negros. Desde lejos se alcanzaba a ver relucir el blanco de sus ojos. Gritaban, cantaban; sus cuerpos chorreaban sudor; sus caras eran como grotescas máscaras; pero tenían huesos, músculos, una vitalidad salvaje, una intensa energía de movimiento, tan natural y verdadera como el oleaje a lo largo de su costa. No necesitaban excusa alguna para estar allí. Observarlos era reconfortante. Yo solía sentir durante un tiempo que seguía perteneciendo a un mundo de hechos sencillos; pero esa sensación no era duradera. Algo surgía siempre y la espantaba. Una vez, recuerdo, encontramos un buque de guerra anclado no lejos de la costa. No había allí ni siquiera una simple choza, pero el buque estaba bombardeando la costa. Parece que los franceses estaban en medio de una de sus guerras en aquel lugar. La enseña caía lánguidamente, como un trapo, las bocas de los largos cañones de seis pulgadas se asomaban por todo el casco del barco, y el viscoso oleaje lo mecía de arriba abajo, haciendo que se balancearan los delgados mástiles. En la vacía inmensidad de la tierra, el cielo y el agua, ahí estaba la nave, incomprensible, disparando contra un continente. ¡Bum!, estallaba uno de los cañones de seis pulgadas; una llamita surgía y se desvanecía, desaparecía un poco de humo blanco, un diminuto proyectil soltaría un débil chirrido... y no pasaría nada. No podía pasar nada. En todo aquel procedimiento había algo delirante, una sensación de lúgubre excentricidad, y no la disipó el hecho de que alguien a bordo me asegurara con toda seriedad que había allí un campamento de nativos —enemigos, los llamaba el hombre— escondidos en alguna parte.

»Les entregamos sus cartas (supe que los hombres de aquel barco morían de fiebre al ritmo de tres por día) y seguimos nuestro camino. Hicimos escala en otros lugares con nombres de farsa donde la alegre danza de la muerte y el comercio sigue adelante en una atmósfera terrenal y tranquila, como la de una catacumba demasiado caldeada; todo el tiempo estaba allí la costa informe bordeada por un peligroso oleaje, como si la naturaleza misma hubiera querido desalentar a los intrusos; entrábamos y salíamos de ríos, corrientes de muerte en vida cuyos bancos se convertían en barro podrido, y cuyas aguas, espesadas por el cieno, invadían los retorcidos manglares que parecían contorsionarse ante nosotros en el límite de un desespero impotente. No nos detuvimos en ninguna parte el tiempo suficiente para conseguir una impresión concreta, pero la sensación general de vago y opresivo asombro fue creciendo dentro de mí. Todo era como un cansado peregrinaje entre pesadillas apenas insinuadas.

»Pasaron más de treinta días antes de que viera la boca del gran río. Anclamos frente a la sede del gobierno. Pero mi trabajo no empezaría hasta unas doscientas millas más adelante. De manera que, tan pronto pude, partí hacia otro lugar, treinta millas arriba.

»Tomé pasaje en un pequeño vapor de mar. Su capitán era un sueco que, al darse cuenta de que yo era marino, me invitó a bordo. Era un joven delgado y taciturno, de tez clara y pelo lacio, que caminaba arrastrando los pies. Mientras dejábamos atrás aquel muelle miserable, inclinó la cabeza hacia la orilla con desprecio. "¿Ha estado viviendo allí?", preguntó. "Sí", le dije. "Qué tipos, los del gobierno. ¿No le parece?" Hablaba un inglés de gran precisión y considerable amargura. "Es gracioso lo que la gente puede llegar a hacer por unos cuantos francos al mes. Me pregunto qué le pasará a gente como esta cuando va más adentro." Le dije que esperaba saberlo pronto. "¡Ya veo!", exclamó. Cruzó hacia el otro lado, arrastrando los pies, siempre manteniendo la mirada vigilante. "No esté tan seguro", continuó. "El otro día recogí a un hombre que se había ahorcado en la calle. También era sueco." "¿Se ahorcó?", exclamé. "¡Por Dios santo! ¿Y por qué lo hizo?" El capitán seguía mirando fijamente hacia delante. "¿Quién sabe? Tal vez el sol fue demasiado para él, o acaso el país."

»Al fin conseguimos abrir un tramo del río. Aparecieron unos acantilados, montones de tierra revuelta junto a la orilla, algunas casas en una colina y otras de tejados de hierro que colgaban del declive entre desechos de excavaciones. Sobre esta escena de devastación inhabitada flotaba el ruido continuo de los rápidos. Una muchedumbre, hombres negros y desnudos en su mayoría, se movía como hormigas. Un embarcadero se proyectaba hacia el río. Una luz cegadora lo inundaba todo de repente con un resplandor recrudecido. "Allí está la estación de su compañía", dijo el sueco señalando tres estructuras, semejantes a barracones de madera, que había sobre la pendiente rocosa. "Haré que le suban las cosas. ¿Cuatro cajas, dijo? Bien. Hasta luego."

»Me topé entonces con una caldera que se bamboleaba en la hierba; luego encontré un sendero que iba colina arriba. El sendero se desviaba para rodear las rocas y evitar un pequeño vagón ferroviario que yacía allí, sobre su espalda, con las ruedas en el aire. Una de ellas se había caído. Aquello parecía tan muerto como el cadáver de un animal. Encontré más piezas de maquinaria deteriorada, una pila de raíles oxidados. A la izquierda, un grupo de árboles formaba un espacio sombreado donde oscuras criaturas parecían sacudirse débilmente. Parpadeé: la pendiente era pronunciada. A mi derecha sonó una sirena y los negros comenzaron a correr. Una detonación fuerte y sorda sacudió la tierra, una nube de humo salió del precipicio, y eso fue todo. Nada cambió en la superficie de la roca. Estaban construyendo un ferrocarril. El precipicio no era un obstáculo para nada, pero estas voladuras sin propósito alguno eran el único trabajo que se llevaba a cabo.

»Un leve tintineo a mis espaldas me hizo volver la cabeza. Seis negros en fila avanzaban con dificultad sendero arriba. Caminaban lentos y erectos, balanceando pequeñas canastas llenas de tierra en la cabeza, y el tintineo acompañaba la cadencia de sus pasos. Llevaban la cadera envuelta en trapos negros cuyos cortos extremos se agitaban por detrás como colas. Se les veía cada costilla, las articulaciones de sus extremidades parecían los nudos de una cuerda, cada uno llevaba un collar de hierro en el cuello y todos estaban unidos por una cadena cuyos eslabones se bamboleaban entre ellos, tintineando rítmicamente. Un nuevo estallido proveniente del acantilado me hizo pensar de pronto en aquel barco de guerra que había visto disparando hacia el continente. Era el mismo tipo de voz ominosa; pero a estos hombres no se les podía llamar enemigos ni siquiera forzando la imaginación. Se les consideraba criminales y la ley ultrajada les había caído encima igual que las bombas, como un misterio insoluble venido desde el mar. Sus pechos escuálidos jadeaban al mismo tiempo; las aletas de la nariz, violentamente dilatadas, les temblaban; los ojos glaciales se fijaban en la cima de la colina. Pasaron a un palmo de mí sin dirigirme siquiera una mirada, con la indiferencia absoluta y mortal de los salvajes infelices. Tras esta materia prima, uno de los asimilados, producto del nuevo balance de fuerzas, caminaba decaído sosteniendo un rifle por el medio. Llevaba una chaqueta de uniforme a la que le faltaba un botón, y al ver a un hombre blanco en el camino se echó el arma al hombro con presteza. Era un acto de simple prudencia: los blancos se parecían tanto en la distancia que no le hubiera sido posible saber quién era yo. Pero se tranquilizó de inmediato y, con una sonrisa pícara, blanca y abierta, y una mirada a los hombres que estaban a su cargo, pareció participarme de su exaltada confianza. Después de todo, yo también era parte de la gran causa de aquellos justos y elevados procedimientos.

»En vez de subir, me di la vuelta y bajé por la izquierda. Mi intención era dejar que la pandilla de las cadenas se perdiera de vista antes de subir la colina. Ustedes saben que no soy especialmente delicado; me ha tocado golpear y defenderme de golpes. He debido resistir y a veces atacar (lo cual es solo una forma de resistencia) sin pararme a medir las consecuencias, según las exigencias de la vida en que me había metido. He visto al diablo de la violencia, al diablo de la codicia, al diablo del deseo; pero, ¡por todos los cielos!, aquellos eran diablos de ojos rojos, fuertes y lujuriosos, que tentaban y arrastraban a los hombres. Pero allí, en la ladera, adiviné que bajo el sol cegador de aquella tierra me encontraría a un demonio fofo, ladino, de ojos apagados, de una locura rapaz y despiadada. Varios meses después y unas mil millas más lejos sabría cuán insidioso podía ser. Por un momento me quedé consternado, como si hubiera recibido una advertencia. Finalmente, bajé la colina, caminando de lado hacia los árboles que había visto.

»Esquivé un enorme hoyo artificial que alguien había cavado en la pendiente y cuyo propósito me fue imposible adivinar. En todo caso, no era ni una cantera ni un arenero. Era tan solo un hoyo. Acaso tuviera algo que ver con el deseo filantrópico de dar a los criminales algo que hacer. No lo sé. Después estuve a punto de caer por un barranco muy estrecho, poco más que una cicatriz en la ladera. Descubrí que varios tubos de drenaje importados para los asentamientos habían sido abandonados allí. No había uno solo que no estuviera roto. Era un destrozo sin sentido. Por fin llegué bajo los árboles. Mi intención era caminar un rato bajo la sombra, pero tan pronto estuve allí me pareció que había entrado en el lóbrego círculo de algún infierno. Los rápidos estaban cerca, y un estruendo de agua uniforme, continuo y precipitado llenaba la sombría quietud de aquel bosquecillo, donde no corría el aire ni se movía una hoja, con un sonido misterioso, como si el desgarrado girar de la tierra se hubiera vuelto audible de repente.

»Unas figuras negras se acurrucaban, se sentaban o yacían entre los árboles, recostadas en los troncos, aferrándose a la tierra, medio visibles, medio borroneadas en la luz tenue, en todas las posturas del dolor, el abandono y la desesperación. Otra explosión resonó en el acantilado seguida de un breve estremecimiento del suelo bajo mis pies. El trabajo continuaba. ¡El trabajo! Y este era el lugar donde algunos de los ayudantes se habían retirado para morir.

»Morían lentamente, eso era claro. No eran enemigos, no eran criminales, no eran nada de este mundo: nada más que sombras negras de enfermedad y de hambre que yacían confusamente en la verdosa penumbra. Traídos desde cada recoveco de la costa con toda la legalidad de los contratos temporales, perdidos en un ambiente hostil, alimentados con comidas a las que no estaban habituados, enfermaban y dejaban de ser eficaces, hasta que se les permitía irse, arrastrándose, a descansar. Estas formas moribundas eran libres como el aire... y casi tan delgadas. Comencé a distinguir el brillo de los ojos bajo los árboles. Entonces, mirando al suelo, vi un rostro junto a mi mano. Los negros huesos se recostaban en toda su longitud con un hombro apoyado contra el árbol, y de repente los párpados se abrieron y los ojos hundidos me miraron desde abajo, enormes y vacíos, como una especie de resplandor ciego y blanco en las profundidades de las órbitas que se desvaneció lentamente. El hombre parecía joven, casi un niño, pero ustedes saben que con ellos es difícil estar seguro. No se me ocurrió otra cosa que ofrecerle una de las galletas de barco que tenía en el bolsillo, regalo del bueno del sueco. Los dedos se cerraron lentamente sobre ella y la sostuvieron sin otro movimiento, sin otra mirada. El hombre se había atado al cuello un pedazo de estambre blanco. ¿Por qué? ¿De dónde lo había sacado? ¿Era una insignia, un ornamento, un amuleto, un acto propiciatorio? ¿Tenía algún significado? Sobre su cuello negro, este pedazo de hilo blanco llamaba poderosamente la atención.

»Junto al mismo árbol, otros dos sacos de ángulos agudos estaban sentados con las piernas recogidas. Uno, con el mentón apoyado en las rodillas, miraba hacia ninguna parte con una expresión atroz e insoportable. Su fantasmal hermano apoyaba la frente, como dominado por un cansancio terrible; y los demás estaban dispersos alrededor, colapsados en todas las posturas imaginables, como en la pintura de alguna peste o masacre. Allí estaba yo, horrorizado, cuando una de estas criaturas se apoyó en sus manos y rodillas y así, a cuatro patas, se acercó al río para beber. Se lamió la mano y luego se sentó al sol, cruzando las piernas, y después de un rato dejó caer la cabeza rizada sobre el esternón.

»No quise perder más tiempo en la sombra y me dirigí presuroso a la estación. Cerca del edificio encontré a un hombre blanco vestido con una elegancia tan inesperada que al principio lo tomé por una suerte de espejismo. Vi un cuello alto y almidonado, unos puños blancos, una chaqueta ligera de alpaca, unos pantalones níveos, una corbata de seda clara y unas botas embetunadas. No llevaba sombrero. El pelo bien peinado con raya y brillantina, bajo un parasol de tela verde sostenido por una mano grande y blanca. Era una figura asombrosa y llevaba un portaplumas detrás de la oreja.

»Le estreché la mano a aquel milagro y supe que era el jefe de contabilidad de la compañía y que los libros se llevaban allí, en la estación. Había salido un momento, dijo, para "tomar un poco de aire fresco". La expresión, con su sugerencia de una vida sedentaria detrás de un escritorio, me pareció maravillosamente extraña. No les habría mencionado a este tipo si no fuera porque fue de sus labios de los que escuché por primera vez el

nombre que asocio de forma tan indisoluble con mis memorias de esos días. Además, llegué a respetarlo. Sí. Respeté sus cuellos de camisa, sus amplios puños, su pelo cepillado. Tenía la apariencia, es cierto, de un maniquí en una peluquería, pero había sido capaz de mantener su aspecto en medio de la desmoralización de aquella tierra. Eso es tener fibra. Sus cuellos almidonados y sus rígidas pecheras eran conquistas de su carácter. Llevaba tres años aquí, y más tarde no pude evitar preguntarle cómo se las arreglaba para lucir aquellos trajes. Se ruborizó levemente y dijo con modestia: "Le he enseñado a una de las nativas que hay en la estación. No fue fácil. No le gustaba trabajar". De manera que este hombre había realmente conseguido algo. Y estaba dedicado a sus libros, que mantenía en un orden perfecto.

»El resto de lo que había en la estación estaba en desorden: las cabezas, las cosas, los edificios. Las caravanas. Las filas de negros polvorientos de pies ulcerados que llegaban y se marchaban; una corriente de mercancías manufacturadas, algodones de mala calidad, abalorios y alambres de latón partían hacia las tinieblas profundas y a cambio regresaban, poco a poco, preciosos cargamentos de marfil.

»Tuve que esperar diez días en la estación: una eternidad. Vivía en una choza dentro del cercado, pero para escapar del caos me iba a veces a la oficina del contador. Estaba construida con tablones horizontales tan mal colocados que, cuando se inclinaba sobre su elevado escritorio, quedaba atravesado de pies a cabeza por estrechas franjas de luz solar. No era necesario abrir la gran persiana para ver en el interior. Hacía calor allí también; grandes moscas zumbaban malévolamente y, más que picar, apuñalaban. Por lo general me sentaba en el suelo mientras él, en un alto taburete, escribía y escribía. De vez en cuando se ponía de pie para hacer ejercicio. Cuando le trajeron a un enfermo en una camilla (un agente del interior que se había indispuesto), se mostró ligeramente irritado. "Los gruñidos de este enfermo", dijo, "distraen mi atención. Y así es en extremo difícil cuidarse de los errores de copia que se cometen en este clima".

»Un día comentó sin levantar la cabeza: "En el interior conocerá usted sin duda al señor Kurtz". Cuando le pregunté quién era ese señor Kurtz, dijo que era un agente de primera clase y, al ver la desilusión que me causó su respuesta, dejó la pluma sobre la mesa y añadió lentamente: "Es una persona realmente excepcional". Tras otras preguntas me explicó que el señor Kurtz estaba en aquel momento a cargo de un puesto comercial, muy importante, en la verdadera región del marfil, "en lo más profundo de ella. Manda tanto marfil como todos los demás juntos". Siguió escribiendo. El enfermo estaba demasiado mal incluso para gruñir. Las moscas zumbaban en medio de aquella paz enorme.

»De repente sonó un creciente murmullo de voces y un fuerte ruido de pasos. Había llegado una caravana. Un violento barullo de sonidos toscos estalló del otro lado de los tablones. Todos los porteadores hablaban al mismo tiempo, y en medio del alboroto se escuchó la voz lamentable del agente que "se daba por vencido" por vigésima vez en el día... El contador se incorporó lentamente. "Qué bulla tan espantosa", dijo. Atravesó la habitación con pasos lentos para mirar al enfermo y al volver me comentó: "No oye nada". "¿Cómo? ¿Está muerto?", pregunté sobresaltado. "No, todavía no", respondió con gran compostura. Entonces, aludiendo al tumulto del patio con un movimiento de la cabeza: "Cuando uno tiene la obligación de hacer anotaciones correctas, llega a odiar a esos salvajes: odiarlos a muerte". Se quedó pensativo un instante. "Cuando vea al señor Kurtz", continuó, "dígale de mi parte que todo aquí —echó una mirada al escritorio— funciona de forma satisfactoria. No me gusta escribirle a la Estación Central: con esos mensajeros nuestros, no se sabe en qué manos pueda acabar una carta." Se quedó mirándome un instante con sus suaves ojos saltones. "Ah, llegará lejos, muy lejos", comenzó de nuevo. "Dentro de poco será alguien en la administración. Los de arriba —el Consejo en Europa, ya sabe— lo han decidido."

»Volvió a su trabajo. El ruido de afuera había cesado, y al salir me detuve junto a la puerta. En medio del zumbido constante de las moscas, el agente que regresaba a casa yacía insensible, la cara colorada de fiebre; el otro, inclinado sobre sus libros, hacía correctas anotaciones de transacciones perfectamente correctas; y abajo, a unos veinte pasos del escalón de entrada, se veían las tranquilas copas del bosque de la muerte.

»Al día siguiente dejé por fin aquel lugar y, con una caravana de sesenta hombres, me dispuse a una marcha de trescientos kilómetros.

»No vale la pena que les hable de aquello. Senderos, senderos por todas partes; una red de senderos impresa en la tierra desierta, extendiéndose entre los altos pastizales, a través de la hierba quemada, de los matorrales, subiendo y bajando por barrancos hostiles, bajando y subiendo por laderas rocosas incendiadas de calor; y una soledad, una soledad... Nadie, ni una choza. Los pobladores se habían marchado tiempo atrás. Bueno, supongo que si un grupo de negros misteriosos provistos de todo tipo de armas aterradoras recorriera el camino que hay entre Deal y Gravesend, obligando a todo el que encontraran a transportar para ellos las cargas más pesadas, muy pronto cada granja y cada casa de campo quedaría vacía. Solo que aquí habían desaparecido hasta las casas. A pesar de todo pasé por varios pueblos abandonados. Hay algo patético y pueril en las ruinas de los cercados de hierba. Lo mismo día tras día, con el paso arrastrado de sesenta pares de pies detrás de mí, cada par caminando bajo una carga de treinta kilos. Acampar, cocinar, dormir, levantar el campamento, marchar. De vez en cuando, un porteador muerto con las botas puestas, el cuerpo tirado en la hierba larga a un lado del sendero, junto a una cantimplora vacía y un largo bastón. Arriba y alrededor, un gran silencio. Tal vez, en una noche callada, el temblor de tambores lejanos, hundiéndose, ensanchándose, un temblor vasto, tenue; un sonido extraño, seductor, sugerente y salvaje, cuyo significado era acaso tan profundo como el de las campanas en tierra cristiana. Una vez, un hombre blanco de uniforme desabotonado, que acampaba en el sendero con una escolta armada de zanzíbares esbeltos, muy hospitalario y alegre, por no decir borracho. Se ocupaba del mantenimiento del camino, según dijo. No puedo decir que hubiera ni camino ni mantenimiento, a no ser que el cuerpo de un negro de mediana edad con un balazo en la frente, con el cual me tropecé cinco kilómetros más allá, pueda considerarse una mejora permanente. Venía también conmigo un compañero blanco; no era mal tipo, pero era demasiado gordo, y tenía el hábito exasperante de desmayarse en las laderas ardientes a muchos kilómetros de cualquier rastro de sombra y agua. Es muy molesto, saben ustedes, tener que aguantar la chaqueta como un parasol encima de alguien mientras recobra el conocimiento. No pude evitar preguntarle un día qué buscaba allí. "Ganar dinero, por supuesto. ¿Usted qué cree?", dijo con desprecio. Después le dio fiebre y hubo que llevarlo en una hamaca colgada de una pértiga. Como pesaba más de cien kilos, tuve discusiones interminables con los porteadores. Se resistían, se escapaban, se escabullían con su carga en mitad de la noche… todo un motín. Así que una noche les eché un discurso, en inglés y con gestos, ni uno solo de los cuales pasó desapercibido a los sesenta pares de ojos que tenía delante, y a la mañana siguiente hice que pusieran la hamaca al frente. Una hora más tarde me encontré con los destrozos de aquel asunto entre los arbustos: el hombre, la hamaca, los quejidos, las sábanas, los horrores. La pesada pértiga le había despellejado la pobre nariz al hombre. Quería ansiosamente que yo matara a alguien, pero no había ni la sombra de un porteador cerca de allí. Recordé al viejo doctor: "Sería interesante para la ciencia observar allí mismo los cambios mentales de los individuos". Sentí que me convertía en alguien científicamente interesante. Pero nada de esto viene a cuento. El día decimoquinto vi de nuevo el gran río y llegué renqueando a la Estación Central. Quedaba en un recodo de agua quieta rodeado de selva y maleza, con una bonita orilla de barro maloliente de un lado y, en los otros tres, una cerca irregular de juncos. Tenía un espacio descuidado por toda puerta, y una sola mirada bastaba para darse cuenta de que el demonio fofo era quien mandaba en aquella parada. Algunos hombres blancos que llevaban largos maderos en la mano surgieron lánguidamente entre los edificios, se acercaron poco a poco para mirarme y luego desaparecieron de mi vista. Tan pronto les dije quién era yo, uno de ellos, un tipo robusto y nervioso de bigotes negros, me informó con gran locuacidad y muchas digresiones de que mi vapor estaba en el fondo del río. Me quedé atónito. ¿Qué? ¿Cómo? ¿Por qué? Oh, todo estaba "bajo control", dijo. El "director en persona" estaba allí. "Todo en orden." Todos se habían portado espléndidamente. ¡Espléndidamente! "Usted", dijo agitado, "debe ir a ver al director general ahora mismo. Lo está esperando".

»En ese momento no me di cuenta de la trascendencia del naufragio. Imagino que me doy cuenta ahora, pero no estoy seguro, no completamente. Es verdad que, si uno lo piensa bien, el asunto entero era demasiado estúpido para parecer normal. De todas formas... Pero en ese momento el hecho se presentó simplemente como un condenado incordio. El vapor se había hundido. Habían partido río arriba dos días antes, con una prisa repentina, con el patrón a bordo y algún capitán voluntario a cargo del barco, y antes de tres horas le habían arrancado el fondo contra unas rocas, y el vapor se hundió cerca de la orilla sur. Me pregunté qué iba a hacer allí ahora que mi barco se había perdido. De hecho, ya tenía bastante con rescatar mi cargo del río. Tuve que ponerme a la obra al día siguiente. Entre eso y las reparaciones, una vez hube traído las piezas a la estación, se me fueron varios meses.

»Mi primera entrevista con el director fue muy curiosa. No me invitó a sentarme a pesar de los treinta kilómetros de mi caminata de esa mañana. Su piel, sus facciones, sus modales y su voz eran vulgares. Era de talla media y de constitución ordinaria. Sus ojos, de un azul común y corriente, eran tal vez especialmente fríos, y desde luego sabía cómo dejar que su mirada le cayera a uno encima como un hacha. Pero incluso en esos instantes el resto de su persona parecía desmentir aquella intención. Por lo demás solo era notable la expresión débil e indefinible de su sonrisa: la puedo recordar, pero no puedo explicarla. Era inconsciente, eso es lo que era esta sonrisa, aunque se hacía más intensa justo después de que el hombre dijera algo. Aparecía al final de sus discursos como un lacre aplicado a las palabras para que el significado de la frase más común pareciera absolutamente inescrutable. Era tan solo un vulgar comerciante, empleado en estos lugares desde la juventud. Se le obedecía, pero no inspiraba ni afecto ni temor, ni siquiera respeto. Inspiraba inquietud. Sí, eso era. Inquietud. No una desconfianza definitiva, sino simple inquietud y nada más. No saben ustedes cuán efectiva puede ser esa... esa... esa facultad. No tenía talento para organizar, ni para tomar iniciativas, ni siquiera para el orden. Eso era evidente en cosas tales como el deplorable estado de la estación. No tenía conocimientos ni tampoco inteligencia. Su posición le había llegado... ¿Por qué? Tal vez porque nunca se enfermaba. Había servido allí tres turnos de tres años. Una salud triunfante en medio del deterioro físico de todos los demás es una especie de poder en sí mismo. Cuando se iba a casa de permiso causaba grandes disturbios, todo muy pomposamente. Era un clásico marinero en tierra, aunque con la diferencia de que lo era solo en apariencia. Esto se podía deducir de su conversación distendida. No aportaba nada, solo mantenía la rutina y eso era todo. Pero era extraordinario. Lo era por un detalle pequeño: que nunca se sabía cómo controlar a un hombre así. Nunca reveló ese secreto. Tal vez no había nada en su interior. Semejante sospecha lo hacía a uno reflexionar, pues en aquellos lugares no había formas de control externo. Una vez, cuando una serie de enfermedades tropicales habían postrado a casi todos los "agentes" de la estación, se le oyó decir: "Los hombres que vienen aquí no deberían tener entrañas". Selló el comentario con esa sonrisa suya como si hubiera abierto la puerta de unas tinieblas que él vigilaba. Uno se imaginaba que había visto algo, pero el sello estaba cerrado. Cuando durante las comidas llegó a hartarse de las peleas que se daban entre los blancos por cuestiones de precedencia, ordenó fabricar una inmensa mesa redonda para la cual fue necesario construir una casa especial. Este era el comedor de la estación. El primer lugar era donde él se sentaba, y los demás no importaban. Se veía que esta era su convicción inamovible. No era ni cortés ni descortés. Era tranquilo. Permitía que su "chico" —un negro de la costa, joven y sobrealimentado— tratara a los blancos, bajo sus propios ojos, con provocadora insolencia.

»Comenzó a hablar tan pronto me vio. Yo había tardado mucho tiempo en llegar. No había podido esperarme. Era preciso relevar a las estaciones de río arriba. Se habían producido ya tantos retrasos que no se sabía quién estaba muerto y quién vivo y cómo sobrevivían, etcétera, etcétera. No atendió a mis explicaciones y, jugando con una barra de lacre, repitió varias veces que la situación era "muy grave, muy grave". Había rumores de que una estación muy importante estaba en peligro y su jefe, el señor Kurtz, estaba enfermo. Esperaba que no fuera cierto. El señor Kurtz era... Me sentí irritable y cansado. Al diablo con el tal Kurtz, pensé. Lo interrumpí diciendo que había escuchado hablar del señor Kurtz en la costa. "¡Ah! De manera que se habla de él allá", murmuró para sí mismo. Enseguida empezó de nuevo a asegurarme que el señor Kurtz era el mejor agente que tenía, un hombre excepcional, de la mayor importancia para la compañía; yo podía, por lo tanto, imaginarme su preocupación. Se encontraba, me dijo, "muy muy nervioso". Desde luego se agitaba bastante en su silla. Entonces exclamó: "¡Ah, el señor Kurtz!". Rompió la barrita de lacre y se quedó como estupefacto por el accidente. Enseguida quiso saber "cuánto nos tomaría llegar"... Lo volví a interrumpir. Debido al hambre, saben ustedes, y al hecho de que no me permitieran sentarme, me estaba poniendo salvaje. "¿Cómo puedo saberlo?", dije. "Ni siquiera he visto el naufragio. Unos meses, sin duda." Esta conversación me parecía fútil. "Unos meses", dije. "Bien, digamos tres meses antes de poder partir. Sí. Eso debe ser bastante para arreglar el asunto." Salí airadamente de su cabaña (vivía solo en una cabaña de barro con una especie de terraza) murmurando para mis adentros la opinión que me merecía. Era un charlatán y un idiota. Me retracté después, cuando comprobé para mi asombro con qué precisión extrema había calculado el tiempo necesario para el "asunto".

»Me puse a trabajar al día siguiente, dándole la espalda, por así decirlo, a aquella estación. Solo así me parecía posible seguir aferrado a todo lo que la vida tiene de valioso. Sin embargo, a veces tiene uno que mirar alrededor; y en esos momentos veía la estación, veía a aquellos hombres que caminaban sin rumbo en el patio bajo los rayos del sol. A veces me preguntaba qué significado podía tener todo aquello. Vagaban de aquí para allá con sus absurdos maderos en la mano como un puñado de peregrinos sin fe que hubieran sido hechizados en el interior de una cerca podrida. La palabra "marfil" resonaba en el aire, se murmuraba, se suspiraba. Se hubiera dicho que le rezaban. Un tufo de rapacidad imbécil soplaba como el hedor de un cadáver. ¡Por Dios! Nunca en toda mi vida he visto algo tan irreal. Y fuera, la jungla silenciosa que rodeaba este pequeño claro de la tierra me impresionaba como algo grandioso e invencible, como el mal o la verdad, que estuviera esperando con paciencia a que pasara aquella invasión fantástica.

»¡Qué meses! Bueno, nada de esto importa. Varias cosas pasaron. Una tarde una cabaña de paja llena de percal, algodón estampado, abalorios y quién sabe qué más cosas, estalló en llamas tan de repente que se hubiera pensado que la tierra se había abierto para dejar que un fuego vengador consumiera aquella basura. Yo estaba fumando mi pipa tranquilamente junto a mi vapor desmantelado y vi a todo el mundo dando saltos en el resplandor con los brazos en alto cuando el corpulento hombre de los bigotes se precipitó al río, con un balde de hojalata en la mano, me aseguró que todos se estaban "comportando espléndidamente, espléndidamente", sacó más o menos un litro de agua y volvió a irse presuroso. Me di cuenta de que había un hueco en el fondo del balde.

»Caminé río arriba. No tenía prisa. Verán, aquello había ardido como una caja de cerillas. Desde el primer momento no hubo nada que hacer. La llama se había elevado, obligando a todos a alejarse, iluminándolo todo... y luego se había consumido. El cobertizo no era más que un montón de ascuas que resplandecían con violencia. Cerca, alguien apaleaba a un negro. Decían que había causado el fuego de alguna forma; sea como fuere, gritaba horriblemente. Después lo vi durante varios días sentado en la sombra, con aspecto de enfermo y tratando de recuperarse. Más tarde se levantó y salió, y la selva, sin un sonido, lo aceptó de nuevo en su seno. Al acercarme al resplandor desde la oscuridad, me encontré detrás de dos hombres que hablaban. Oí mencionar el nombre de Kurtz y luego las palabras "aprovecharse de este desafortunado accidente". Uno de los hombres era el director. Le di las buenas noches. "¿Alguna vez vio algo parecido? Es increíble", me dijo y se alejó enseguida. El otro permaneció allí. Era un agente de primera clase, joven, caballeroso, algo reservado, con una pequeña barba partida y nariz aguileña. Trataba a los demás agentes con cierta arrogancia y ellos, por su parte, lo consideraban un espía del director. En lo que a mí respecta, apenas si había hablado con él. Comenzamos a charlar y pronto nos alejamos de las ruinas crepitantes. Entonces me invitó a su cuarto, que quedaba en el edificio principal de la estación. Encendió un fósforo y me di cuenta de que el joven aristócrata tenía, además de un tocador montado en plata, una vela entera para él solo. En ese momento se suponía que únicamente el director tenía derecho a velas. Las paredes de barro estaban cubiertas de esteras nativas; toda una colección de lanzas, azagayas, escudos, cuchillos, colgaban como trofeos. El trabajo encomendado a este hombre era hacer ladrillos, o eso me habían dicho; pero no había en toda la estación ni un fragmento de ladrillo, y el hombre llevaba más de un año allí, esperando. Parece que le hacía falta algo para hacer los ladrillos, no sé de qué se trataba. De paja, tal vez. En cualquier caso, no se podía conseguir allí, y como no era probable que lo mandaran de Europa, no entendí muy bien qué estaba esperando el hombre. Un acto de creación milagrosa, acaso. Sin embargo, todos esperaban algo —los quince o veinte peregrinos—; y les doy mi palabra de que aquello, a juzgar por la manera en que se lo tomaban, no parecía una ocupación desagradable, aunque, por lo que podía verse, lo único que les llegaba eran enfermedades. Mataban el tiempo murmurando e intrigando entre ellos estúpidamente. Había en el lugar un ambiente de conspiración, pero sin consecuencia alguna, por supuesto. Era tan irreal como lo demás: como las pretensiones filantrópicas de la empresa, como su charla, como su gobierno, como sus despliegues de laboriosidad. El único sentimiento real era el deseo de ser enviados a un puesto donde se comerciara con marfil y poder así ganar buenos porcentajes. Intrigaban y se calumniaban y se odiaban solo por esto, pero de ahí a mover un dedo, eso sí que no. ¡Por todos los cielos! Hay algo en el mundo que le permite a un hombre robar un caballo mientras a otros no se les permite ni siquiera mirar un ronzal. ¿Robar un caballo así, sin más? Muy bien. Lo ha hecho. Tal vez sepa montarlo. Pero hay una forma de mirar un ronzal que provocaría la indignación del más caritativo de los santos.

»No tenía idea de por qué se mostraba tan sociable el hombre, pero mientras conversábamos se me ocurrió de repente que estaba tratando de averiguar algo: de hecho, me estaba sacando información. Aludía de forma constante a Europa, a la gente que yo supuestamente conocía, haciéndome preguntas sobre mis conocidos de la ciudad sepulcral y cosas por el estilo. Sus pequeños ojos brillaban como discos de mica, llenos de curiosidad, aunque intentaba conservar cierto aire de suficiencia. Al principio me sorprendió, pero enseguida me causó enorme intriga ver qué podía sacarme. No se me ocurría qué podía tener yo que mereciera su tiempo. Era muy gracioso ver cómo se iba desconcertando, pues la verdad es que mi cuerpo estaba lleno solo de escalofríos y en mi cabeza no había nada más que el maldito asunto del vapor. Era evidente que me tomaba por un prevaricador sin vergüenza. Acabó por enfadarse y, para disimular un nervioso movimiento de irritación, bostezó. Me puse de pie. Entonces me percaté de un pequeño boceto al óleo pintado sobre una tabla que representaba a una mujer ciega, vestida con una túnica, que llevaba una antorcha encendida. El fondo era sombrío, casi negro. El movimiento de la mujer era imponente, y el efecto de la antorcha en su rostro era siniestro.

»El cuadro me atrajo poderosamente y el hombre siguió de pie por cortesía, sosteniendo una botella vacía de media pinta de champán (consuelos medicinales) en la cual había metido la vela. A mi pregunta dijo que lo había pintado el señor Kurtz —en esta misma estación y hacía más de un año— mientras esperaba los medios para ir a su puesto comercial. "Dígame, por favor", le pedí, "¿quién es ese señor Kurtz?"

»"El jefe de la estación del interior", respondió en tono seco hurtándome la mirada. "¡Se lo agradezco mucho!", le dije riendo. "Y usted es el fabricante de ladrillos de la Estación Central. Eso lo sabe todo el mundo." Guardó un instante de silencio. "Es un prodigio", dijo al fin. "Es un emisario de la piedad, la ciencia, el progreso y sabe el diablo cuántas cosas más. Necesitamos", empezó a declamar de repente, "para llevar la causa que, por así decir, nos ha confiado Europa, una inteligencia superior, capaz de gran compasión y de unidad de propósito." "¿Quién lo dice?", pregunté. "Muchos", replicó. "Algunos incluso lo escriben; y por eso vino él aquí, un ser excepcional, como debería saber usted." "¿Por qué debería saberlo yo?", lo interrumpí realmente sorprendido. No me prestó atención. "Sí. Hoy es jefe de la mejor estación, el año que viene será asistente del director, y en dos años más... pero me atrevo a decir que usted sabe lo que será en dos años más. Usted es de la nueva pandilla: la pandilla de la virtud. Los mismos que lo enviaron a él lo recomendaron expresamente a usted. Oh, no me diga que no. Lo he visto con estos ojos." Entonces todo se iluminó para mí. Las influyentes amistades de mi querida tía estaban produciendo un efecto inesperado en aquel joven. Estuve a punto de soltar una carcajada. "¿Lee usted la correspondencia confidencial de la compañía?", le pregunté. No encontró qué decir. Todo era muy divertido. "Cuando el señor Kurtz sea director general", continué con severidad, "no podrá usted seguir haciéndolo."

»Apagó de repente la vela y salimos. La luna estaba alta en el cielo. Negras siluetas iban y venían con desgana, echando agua sobre las brasas que producían un siseo; el vapor subía a la luz de la luna. En alguna parte se quejaba el negro al que habían golpeado. "¡Qué escándalo hace esa bestia!", dijo el infatigable hombre de los bigotes, que había llegado junto a nosotros. "Se lo tiene merecido. Transgresión, castigo, ¡bang! Sin misericordia, sin misericordia. Es la única manera. Esto evitará futuras conflagraciones. Justamente le estaba diciendo al director..." Vio a mi acompañante y quedó cabizbajo de repente. "No se ha acostado todavía", dijo con una especie de efusividad servil. "Es natural. ¡Ja! El peligro. La agitación." Desapareció. Caminé hacia la orilla y el otro me siguió. Me llegó al oído un murmullo mordaz: "¡Hatajo de inútiles! ¡Vamos!". Podía ver a los peregrinos agrupados, gesticulando, discutiendo. Varios tenían todavía los maderos en la mano. De verdad pienso que se llevaban esos palos a la cama. Más allá de la cerca, la selva se alzaba espectral en el claro de luna, y a través del leve revuelo, a través de los débiles ruidos de aquel patio lamentable, el silencio de la tierra penetraba lo más profundo del corazón: su misterio, su grandeza, la sorprendente realidad de su vida oculta. El negro herido gemía débilmente en alguna parte y luego soltó un profundo suspiro que me hizo apurar el paso para alejarme. Sentí que una mano se metía por debajo de mi brazo. "Mi estimado señor", dijo el hombre, "no quiero que nadie me malinterprete, y menos usted, que verá al señor Kurtz mucho antes de que tenga yo ese placer. No quisiera que él se hiciera una idea equivocada de mi actitud...".

»Dejé que siguiera hablando aquel Mefistófeles de cartón piedra, y me pareció que, de intentarlo, hubiera podido hundirle el dedo índice y hurgar en su interior sin encontrar nada más que polvo suelto. Verán ustedes,

el hombre tenía planes de convertirse en asistente del director actual, y me di cuenta de que la llegada de aquel Kurtz les había causado a los dos no poco fastidio. Hablaba precipitadamente y yo no traté de detenerlo. Tenía yo los hombros apoyados en los restos de mi vapor, que habíamos remolcado pendiente arriba como el cadáver de un gran animal de río. Tenía en las narices el olor del barro —del barro primigenio, por Dios—, y, ante mis ojos, la quietud alta del bosque primitivo; en el negro río brillaban parches de luz. La luna lo cubría todo con una fina capa de plata: la hierba crecida, el barro, el muro de vegetación enmarañada más alta que la pared de un templo, el gran río que, a través de un hueco sombrío, yo veía brillar, brillar mientras corría en toda su anchura y sin un murmullo. Todo era grandioso, expectante, mudo; mientras tanto, el hombre farfullaba cosas sobre sí mismo. Me pregunté si la quietud en el rostro de la inmensidad que nos observaba debía ser entendida como una llamada o una amenaza. ¿Qué éramos nosotros, los que nos habíamos extraviado allí? ¿Podríamos controlar a aquella criatura muda, o nos controlaría ella a nosotros? Sentí lo grande, lo endiabladamente grande que era aquella cosa que no podía hablar y que tal vez era también sorda. ¿Qué había en ella? Podía ver que algo de marfil salía de ella y sabía que en su interior estaba Kurtz. Sabe Dios que había escuchado suficiente al respecto. Y sin embargo, aquello no me sugería ninguna imagen, como si me hubieran dicho que allí se encontraba un ángel o un demonio. Lo creía de la misma manera en que uno de ustedes creería que hay habitantes en Marte. Una vez conocí a un escocés, fabricante de velas, que estaba totalmente seguro de que había gente en Marte. Si uno le preguntaba qué aspecto tenían o cómo se comportaban, se ponía tímido y murmuraba algo acerca de que "andaban a cuatro patas". Si uno se atrevía siquiera a sonreír, el hombre —aunque rozaba los sesenta años— podía retarlo a pelear. Yo no hubiera llegado al extremo de pelearme por Kurtz, pero por él me acerqué mucho a una mentira. Ustedes saben que yo odio, detesto, no puedo soportar la mentira, no porque me crea más honesto que los demás, sino porque simplemente me repugna. Hay en las mentiras una mancha de muerte, un regusto de mortalidad, que es exactamente lo que odio y detesto del mundo:

lo que quiero olvidar. Me hace sentir desgraciado y enfermo, como si mordiera algo podrido. Cuestión de temperamento, supongo. Pues bien, me acerqué bastante a todo aquello al dejar que ese imbécil se creyera lo que quisiera creer sobre mi influencia en Europa. En un instante me convertí en alguien tan fraudulento como el resto de los embrujados peregrinos. Y esto solo porque imaginaba que de alguna manera le podía ser útil a aquel Kurtz que no podía ver en ese momento. Ustedes me entienden. Kurtz no era más que una palabra para mí. No veía a la persona en el nombre mejor que ustedes. ¿Lo ven? ¿Ven la historia? ¿Ven algo? Me parece que trato de contarles un sueño: el intento es en vano, porque ningún relato de un sueño puede transmitir la sensación de soñar, esa mezcla de absurdo, sorpresa y perplejidad en un estremecimiento de rebeldía esforzada, esa sensación de ser capturado por lo increíble que es la esencia misma de los sueños...

Marlow quedó un rato en silencio.

—No, es imposible; es imposible transmitir la sensación de vida de una época cualquiera de nuestra existencia, aquello que constituye su verdad, su significado: su esencia penetrante y sutil. Es imposible. Vivimos igual que soñamos: solos...

De nuevo hizo una pausa, como si reflexionara, y luego añadió:

—Por supuesto que ustedes ven en todo esto más de lo que yo veía entonces. Ustedes me ven a mí, y me conocen...

Se había hecho tan oscuro que quienes escuchábamos apenas podíamos vernos unos a otros. Hacía ya un buen rato que él, sentado aparte como estaba, no era para nosotros más que una voz. Nadie pronunció palabra. Los otros podían haberse dormido, pero yo estaba bien despierto. Escuchaba, escuchaba al acecho de la frase, de la palabra capaz de darme la clave de la débil angustia que me inspiraba aquel relato que parecía tomar forma sin labios humanos en el pesado aire nocturno del río.

—Sí, le dejé continuar —empezó Marlow de nuevo—, y pensar lo que quisiera de los poderes que tenía yo a mis espaldas. ¡Eso hice! ¡Y a mis espaldas no había nada! No había nada salvo aquel viejo vapor destrozado al que me recostaba mientras él hablaba con fluidez sobre la «necesidad de todo hombre de seguir adelante». Añadió: «Y cuando uno llega hasta aquí, se imaginará usted, no es para mirar la luna». El señor Kurtz era un «genio universal», pero aun para un genio sería más fácil trabajar con las «herramientas adecuadas: hombres inteligentes». Él no fabricaba ladrillos —pues se lo impedía una imposibilidad física, como yo bien sabía—; y si hacía tareas secretariales para el director, era porque «ningún hombre sensato rechaza voluntariamente la confianza de sus superiores». ¿Lo veía yo? Sí, lo veía. ¿Qué más podía querer? ¡Por todos los cielos! Lo que realmente quería era remaches. Para seguir con mi trabajo. Remaches, eso quería. Había cajas llenas de remaches allá en la costa, ¡cajones apilados, repletos, reventados! En el patio de esa estación, allá en la ladera, no se podía caminar dos pasos sin darle una patada a un remache. Los remaches habían rodado hasta el bosque de la muerte. Uno se podía llenar los bolsillos de remaches solo tomándose el trabajo de agacharse... y en cambio no había uno solo donde se necesitaban. Teníamos planchas que podían servir, pero nada para fijarlas. Y cada semana el mensajero, un negro solitario, con la bolsa del correo al hombro y el bastón en la mano, salía de nuestra estación hacia la costa. Y varias veces a la semana una caravana de la costa llegaba con mercancías: un espantoso percal satinado que daba escalofríos con solo mirarlo, abalorios de cristal de dos peniques el cuarto, unos malditos pañuelos de algodón estampado. Y ni un remache. Habría bastado con tres porteadores para traer todo lo necesario y poner a flote el vapor.

»Se estaba poniendo confidencial ahora, pero supongo que mi actitud inexpresiva terminó por exasperarlo, pues creyó necesario informarme de que no le temía ni a Dios ni al diablo, mucho menos a un simple hombre. Le dije que me percataba de ello, pero lo que me interesaba era cierta cantidad de remaches, y remaches era lo que el señor Kurtz quería también, aunque no lo supiera. Ahora salían cartas cada semana hacia la costa... "Mi estimado señor", exclamó, "yo escribo al dictado." Yo exigí remaches: un hombre inteligente encontraría la manera. Cambió de actitud; se volvió distante y empezó de repente a hablar sobre un hipopótamo; se preguntaba si no me molestaba mientras dormía a bordo del vapor (yo no

45

me separaba de él ni de noche ni de día). Había un viejo hipopótamo que tenía la mala costumbre de salir a la orilla en la noche y vagar por los terrenos de la estación. Los peregrinos solían salir en grupo a vaciarle encima cada rifle que pudieran conseguir. Algunos pasaban noches en vela esperándolo. Toda esta energía, sin embargo, era un desperdicio. "Ese animal tiene una vida encantada", dijo, "y eso solo se puede decir de las bestias en este país. Ningún hombre, ¿me entiende?, ningún hombre lleva una vida encantada". Se quedó un instante allí, a la luz de la luna, con su nariz delicada y aguileña levemente torcida y sus ojos de mica brillando sin un parpadeo, y entonces, con un seco "buenas noches", se alejó a pasos largos. Se veía que estaba alterado y considerablemente confundido, lo cual me hizo sentir más esperanzado de lo que me había sentido en muchos días. Fue un gran consuelo apartarme de él para estar con mi influyente amigo, el maltratado, retorcido, ruinoso vapor de hojalata. Me encaramé a bordo. La nave sonó bajo mis pies como suena una caja de galletas Huntley & Palmer cuando se la patea en un callejón; no era de hechura tan sólida, y mucho menos bella de forma, pero había invertido suficiente trabajo duro en ella como para tomarle cariño. Ningún amigo influyente me habría servido mejor. La nave me había dado la oportunidad de revelarme: de descubrir lo que era capaz de hacer. No. No me gusta el trabajo. Hubiera preferido holgazanear por ahí pensando en todas las cosas buenas que uno puede hacer. No me gusta el trabajo, a nadie le gusta, pero me gusta lo que hay en el trabajo: la oportunidad de encontrarse uno mismo. Tu propia realidad, para ti, no para los demás, lo que ningún hombre podrá jamás saber. Los demás ven solo la apariencia, pero nunca sabrán lo que realmente significa.

»No me sorprendió ver a alguien sentado en popa con las piernas colgando sobre el barro. Verán, llegué a hacerme amigo de los pocos mecánicos que había en esa estación, a los que los demás peregrinos naturalmente despreciaban... supongo que debido a sus modales imperfectos. Aquel era el capataz: calderero de oficio, buen trabajador. Era un hombre delgado, huesudo, de tez amarillenta, de ojos grandes e intensos. Tenía aspecto preocupado y una cabeza tan calva como la palma de mi mano; pero su pelo al caer parecía haberse quedado pegado a su barbilla y haber prosperado en su nueva ubicación, pues la barba le llegaba a la cintura. Era viudo, padre de seis niños pequeños (los había dejado con su hermana para ir allí), y la pasión de su vida eran las palomas mensajeras. Era un entusiasta y un entendido. Se deshacía en elogios sobre las palomas. Después del trabajo solía venir de su cabaña para hablar de sus hijos y sus palomas; en el trabajo, cuando le tocaba arrastrarse en el barro bajo el casco del vapor, se ataba esa barba suya en una especie de servilleta blanca que había traído para ese propósito. La servilleta tenía lazos para pasarlos por las orejas. En la tarde se le podía ver acuclillado en la orilla enjugando aquel envoltorio en la corriente, con sumo cuidado, luego extendiéndolo con solemnidad sobre un arbusto para secarlo.

»Le di una palmada en la espalda y grité: "¡Tendremos remaches!". Se puso de pie de un salto exclamando, como si no lo pudiera creer: "¡No! ¡Remaches!". Enseguida, en voz baja: "Usted... ¿eh?". No sé por qué nos comportábamos como lunáticos. Me llevé un dedo junto a la nariz y asentí misteriosamente. "¡Bien hecho!", dijo, chasqueando los dedos sobre la cabeza y levantando un pie al mismo tiempo. Traté de bailar una giga. Saltábamos sobre la cubierta de hierro. Del viejo cascarón salía un ruido espantoso, y la selva virgen lo devolvía desde la otra orilla como el retumbar de un trueno sobre la estación dormida. Debió de levantar a algún que otro peregrino en su cobertizo. Una silueta oscureció la entrada iluminada de la cabaña del director, desapareció y un par de segundos después desapareció también la luz de la entrada. Nos detuvimos y el silencio que habíamos espantado con nuestras pisadas fluyó de nuevo desde los lugares ocultos de la tierra. La gran muralla de vegetación, una masa exuberante y enmarañada de troncos, hojas, ramas, guirnaldas inmóviles en la luz de la luna, era como una invasión desenfrenada de vida insonora, una ola arrolladora de plantas amontonadas lista para saltar el barranco y barrer a cada uno de nosotros, hombres pequeños, de nuestra pequeña existencia. Y no se movía. Una sorda explosión acuática de poderosos bufidos nos llegó desde lejos, como si un ictiosauro se hubiera estado dando un baño de luz de luna en el gran río. "Después de todo", dijo el calderero en un tono razonable, "¿por qué no habríamos de recibir los remaches?". Sí, ¿por qué no? No se me ocurrió ninguna razón. "Vendrán en tres semanas", dije confiado.

»Pero no llegaron. En vez de remaches llegó una invasión, una visitación, un castigo. Llegó por secciones durante las tres semanas siguientes, cada sección encabezada por un burro sobre el que iba montado un hombre blanco vestido con ropas nuevas y zapatos lustrosos que desde su altura hacía venias a izquierda y a derecha para los impresionados peregrinos. Un grupo pendenciero de negros malhumorados marchaba con pies adoloridos detrás del burro; una buena cantidad de tiendas, taburetes de campaña, cajas de latón, cajones blancos y fardos marrones iba cayendo en el interior del patio y el aire de misterio se acentuaba un poco en el desorden de la estación. Vinieron cinco entregas como esta; tenían el aspecto absurdo de una huida desordenada tras el robo de innumerables tiendas de pertrechos y provisiones que, pensaría uno, llevaban al bosque para dividirse entre ellos. Era un revoltijo inextricable de cosas decentes en sí mismas, pero que la locura humana hacía parecer el botín de un robo.

»Esta banda de devotos se llamaba a sí misma Expedición de Exploradores de El Dorado, y creo que habían jurado mantener el secreto. Su conversación era la de sórdidos bucaneros. Era temeraria sin ser dura, codiciosa sin ser audaz y cruel sin ser valiente. No había un átomo de previsión ni de intenciones serias en todo el grupo, y ni siquiera parecían conscientes de que esto se necesitara para trabajar el mundo. Arrancar tesoros de las entrañas de la tierra era su deseo, con menos propósito moral para hacerlo que el que tienen los ladrones cuando abren a la fuerza una caja fuerte. Ignoro quién pagó los gastos de tan noble empresa; pero el tío de nuestro director era el líder de aquella banda.

»Tenía el aspecto de un carnicero de barrio pobre y en sus ojos había una mirada de astucia somnolienta. Llevaba con ostentación su panza obesa sobre sus cortas piernas y, durante el tiempo en que su pandilla infestó la estación, no habló más que con su sobrino. Se les podía ver a los dos deambulando por ahí todo el día, las cabezas una junto a la otra, en una eterna confabulación.

»En cuanto a mí, había dejado de preocuparme por los remaches. Nuestra capacidad para este tipo de estupideces es más limitada de lo que se podría suponer. Dije: "¡Al diablo!", y que ocurriera lo que tuviera que ocurrir. Tenía mucho tiempo para meditar, y de vez en cuando le dedicaba un pensamiento a Kurtz. No estaba demasiado interesado en él. No. De cualquier modo, sentía curiosidad por ver si aquel hombre, que había llegado allí equipado con ideas morales de alguna especie, podría subir a la cima después de todo, y una vez allí, llevar a cabo su trabajo.

CAPÍTULO II

——

Una tarde estaba tumbado en la cubierta de mi vapor cuando oí voces que se acercaban, y ahí estaban el tío y el sobrino paseando por la orilla. Volví a recostar la cabeza en el brazo y ya me estaba quedando dormido cuando alguien dijo, casi hablándome al oído: "Soy tan inofensivo como un niño, pero no me gusta que me manden. ¿Soy o no soy el director? Me ordenaron que lo enviara allá. Es increíble"... Me di cuenta de que los dos estaban en la orilla, junto a la proa del vapor, justo debajo de mi cabeza. No me moví. No se me pasó por la mente moverme. Estaba adormilado. "Sí, es muy desagradable", dijo el tío. "Él le había pedido a la administración que lo enviaran allí", dijo el otro, "con la idea de demostrar lo que era capaz de hacer; y a mí me dieron las instrucciones correspondientes. Mira la influencia que debe tener ese hombre. ¿No es aterrador?" Estuvieron de acuerdo en que era aterrador y enseguida hicieron una serie de comentarios extraños: "Capaz de hacer llover... un solo hombre... el Consejo... a su antojo...". Fragmentos de frases absurdas que derrotaban poco a poco mi somnolencia, de manera que estaba casi consciente cuando el tío dijo: "Puede que el clima se encargue de resolverte este problema. ¿El hombre está solo?". "Sí", dijo el director. "Mandó a su asistente río abajo para entregarme una

51

nota que decía: 'Saquen a este pobre diablo del país y no se molesten en mandarme otros como él. Prefiero estar solo que tener conmigo el tipo de gente de que ustedes pueden disponer'. Eso fue hace más de un año. ¿Te puedes imaginar semejante insolencia?" "¿Y ha pasado algo desde entonces?", dijo el otro con voz ronca. "Marfil", espetó el sobrino. "Mucho marfil, material de primera. Mucho. Muy molesto, viniendo de él." "¿Y algo más?" "Las facturas", fue la respuesta que disparó, por decirlo así. Luego, silencio. Habían estado hablando de Kurtz.

»Para entonces ya estaba completamente despierto, pero así recostado me encontraba muy cómodo; de manera que me quedé quieto, pues no había ningún motivo para cambiar de posición. "¿Cómo llegó el marfil hasta aquí?", gruñó el más viejo con aire contrariado. El otro explicó que había llegado con una flota de canoas al mando de un mestizo inglés que Kurtz tenía consigo; que al parecer el propio Kurtz había tenido la intención de regresar, pues para ese momento no quedaban mercancías ni provisiones en la estación, pero después de trescientas millas había decidido dar vuelta atrás, cosa que hizo él solo con una piragua de cuatro remeros, dejando al mestizo para que continuara río abajo con el marfil. Los dos tipos parecían impresionados de que alguien intentara semejante cosa. No lograban imaginar qué motivo hubiera podido existir. En cuanto a mí, me parecía ver a Kurtz por primera vez. Fue una visión fugaz pero precisa: la piragua, los cuatro remeros, el solitario hombre blanco dándole la espalda de repente a la estación principal, al descanso, acaso a los recuerdos de su hogar, dirigiéndose a las profundidades de la jungla, hacia su estación desierta y desolada. No supe sus motivos. Tal vez no era más que un buen tipo que se aferra a su trabajo. Su nombre, entenderán ustedes, no había sido pronunciado aún. Era simplemente "ese hombre". Al mestizo —quien, por lo que podía verse, había llevado a cabo un viaje difícil con prudencia y aplomo— se referían como "ese canalla". El "canalla" había informado de que "el hombre" había estado muy enfermo y se había recuperado a medias... Los dos que yo tenía debajo se alejaron algunos pasos y, a poca distancia, comenzaron a caminar de aquí para allá. Entonces oí: "Puesto militar... doctor... doscientas millas... muy solo ahora... retrasos inevitables... nueve meses... sin noticias... extraños rumores". Se acercaron de nuevo en el momento en que el director estaba diciendo: "Nadie que yo sepa, a menos que se trate de una especie de traficante: un tipo cargante que les saca su marfil a los nativos". ¿De quién hablaban ahora? Por pedazos de conversación entendí que se trataba del hombre que debía ocupar el distrito de Kurtz, pero que no contaba con la aprobación del director. "No nos liberaremos de la competencia desleal hasta que cuelguen a alguno de estos como ejemplo", dijo. "De acuerdo", dijo el otro. "¡Que lo cuelguen! ¿Por qué no? En este país se puede hacer cualquier cosa. ¡Cualquier cosa! Eso es lo que digo: nadie aquí —aquí, ¿entiendes?— puede poner en peligro tu posición. ¿Y por qué? Tú soportas el clima, tú los sobrevives a todos. El peligro está en Europa, pero antes de venir yo me ocupé de...". Se apartaron un poco y comenzaron a murmurar, pero enseguida sus voces se elevaron de nuevo. "La extraordinaria serie de retrasos no fue mi culpa. Hice todo lo que pude". El gordo suspiró: "Muy triste", dijo. "Y su conversación absurda y cargante", continuó el otro. "Bastante me molestaba cuando estaba aquí: 'Cada estación debe ser como un faro en el camino hacia cosas mejores, un centro para el comercio, por supuesto, pero también para humanizar, mejorar, instruir'. ¿Puedes concebir a semejante imbécil? ¡Y quiere ser director! No, si es...". Aquí se atragantó de indignación, y yo levanté mínimamente la cabeza. Me sorprendió ver lo cerca que estaban: justo debajo de mí. Les hubiera podido escupir en los sombreros. Estaban mirando al suelo, absortos en sus pensamientos. El director se daba golpes en la pierna con una ramita; su sagaz pariente levantó la cara. "¿Te has sentido bien desde que volviste esta vez?", preguntó. El otro se sobresaltó. "¿Quién, yo? Oh, de maravilla, de maravilla. Pero los demás... ¡Dios santo! Además se mueren tan rápidamente que no me da tiempo de sacarlos del país... ¡Es increíble!" "Hum. Así es", gruñó el tío. "Ah, mi amigo, confía en esto, te digo, confía en esto." Lo vi extender ese brazo suyo que más parecía una corta aleta y hacer un gesto que abarcó el bosque, el arroyo, el barro, el río: parecía un gesto deshonroso, ante el rostro iluminado de la tierra, para hacer una llamada traicionera a la muerte acechante, al mal oculto, a las profundas tinieblas de su corazón. Fue tan sorprendente que me incorporé de un salto y eché una mirada a la linde del bosque, como si esperara una respuesta cualquiera a aquella oscura ostentación de confianza. Ya ustedes saben qué ideas tontas se le pasan a uno a veces por la cabeza. La intensa calma enfrentaba a aquellas dos figuras con su ominosa paciencia, esperando a que pasara la fantástica invasión.

»Blasfemaron juntos y en voz alta —de puro miedo, me parece— y luego, fingiendo ignorar mi existencia, se dieron la vuelta para regresar a la estación. El sol estaba bajo; inclinados hacia delante el uno junto al otro, parecían tirar trabajosamente de sus ridículas sombras de longitud desigual, esas sombras que se arrastraban lentamente tras ellos en la hierba alta, sin doblar una sola hoja.

»Pocos días después, la Expedición El Dorado partió hacia el interior de la paciente jungla que se cerraba sobre ella como el mar se cierra sobre un buzo. Mucho después llegó la noticia de que todos los burros habían muerto. Del destino de los animales menos valiosos no sé nada. Recibieron sin duda, como todos nosotros, lo que merecían. No pregunté. En ese momento me emocionaba sobre todo la perspectiva de conocer muy pronto a Kurtz. Cuando digo muy pronto, quiero decir relativamente. Fue exactamente dos meses después de salir del remanso cuando llegamos a la orilla sobre la cual quedaba la estación de Kurtz.

»Remontar aquel río fue como viajar a los tempranos orígenes del mundo, cuando la vegetación se amotinaba en la tierra y reinaban los altos árboles. Una corriente vacía, un gran silencio, un bosque impenetrable. El aire era cálido, denso, pesado, lento. El brillo del sol no alegraba a nadie. Las largas extensiones del río corrían, desiertas, hacia las distancias penumbrosas. En los bancos de arena plateada, los hipopótamos y los cocodrilos tomaban juntos el sol. Las aguas fluían ensanchándose entre multitudes de islas boscosas. En este río uno se perdía como si se hubiera perdido en un desierto, y durante todo el día se topaba con bajíos mientras intentaba encontrar el canal, hasta llegar a creerse hechizado y apartado para siempre de todo cuanto se había conocido en alguna tierra lejana, quizás en otra existencia. Había momentos en que el pasado regresaba,

como lo hace a veces cuando no tenemos ni un momento libre para dedicarnos; pero volvía con la forma de un sueño intranquilo y ruidoso que uno recordara, maravillado, entre las realidades sobrecogedoras de aquel extraño mundo de plantas y de agua y de silencio. Y aquella vida callada no se parecía en nada a la paz. Era la quietud de una fuerza despiadada que meditaba sobre algún propósito inescrutable. Te miraba con aire vengativo. Más tarde me acostumbré a ella. No volví a verla. No tenía tiempo. Tenía que seguir adivinando dónde estaba el canal; tenía que distinguir, casi siempre por intuición, los indicios de bajíos ocultos; me mantenía atento a rocas sumergidas; poco a poco aprendí a rechinar los dientes antes de que se me saliera el corazón cada vez que pasábamos a un pelo de un viejo y taimado escollo que le hubiera arrancado la vida al vapor de hojalata y ahogado a los peregrinos; tenía que estar atento a las señales de maderas muertas que pudiéramos cortar para usar en la caldera del día siguiente. Cuando uno debe estar pendiente de cosas semejantes, de los más simples incidentes de la superficie, la realidad, sí, la realidad comienza a desvanecerse. La verdad profunda permanece oculta: por suerte, por suerte. De todas formas, la sentía; sentía a menudo su quietud misteriosa que me observaba mientras yo hacía mis monerías, tal como los observa a ustedes actuar en sus respectivas cuerdas flojas a cambio de... ¿cuánto es?... media corona la voltereta...

—Trate de ser educado, Marlow —gruñó una voz, y supe que había por lo menos otro oyente despierto además de mí.

—Les pido disculpas. Olvidé la angustia que completa el precio. Y en verdad, ¿qué importa el precio si el truco se hace bien? Ustedes hacen bien sus trucos. Y tampoco yo lo hice mal si me las arreglé para no hundir aquel vapor en mi primer viaje. Todavía me sorprende. Imaginen a un hombre con los ojos vendados que trata de conducir un carruaje por un mal camino. Aquel asunto me hizo sudar y sufrir bastante, créanme. Para un marino, después de todo, raspar el fondo de la cosa que debe flotar mientras esté bajo su cuidado es un pecado imperdonable. Puede que nadie se entere, pero uno no se olvida nunca del impacto, ¿eh? Un golpe al corazón mismo. Uno lo recuerda, sueña con él, se despierta en mitad de la noche para pensar en él —años después— y le dan escalofríos en todo el cuerpo. No quiero decir que ese vapor haya flotado todo el tiempo. Más de una vez tuvo que vadear durante un rato, con veinte caníbales chapoteando a su alrededor y empujando. Habíamos reclutado a algunos de ellos durante el trayecto para que hicieran de tripulación. Buenos tipos, los caníbales, siempre que estén en su lugar. Eran hombres con los cuales se podía trabajar, y les estoy muy agradecido. Y después de todo, estando conmigo no se comieron entre ellos; habían traído una provisión de carne de hipopótamo que se pudrió, y el misterio de la jungla hedió en mis narices. ¡Puaj! Todavía lo huelo. Tenía al director a bordo y tres o cuatro de nuestros peregrinos con sus palos de madera: todo completo. A veces encontrábamos una estación cerca de la orilla, aferrada a las laderas de lo desconocido, y los blancos que salían apresuradamente de sus casuchas en ruinas con grandes expresiones de alegría, de sorpresa y de bienvenida, resultaban muy extraños, como si un hechizo los mantuviera allí. La palabra "marfil" flotaba en el aire durante un rato, y luego seguíamos nuestro camino en el silencio, a lo largo de extensiones vacías, por tranquilos recodos, entre los muros altos de nuestra sinuosa ruta, con el ruido pesado de la rueda del vapor reverberando como aplausos vacíos. Árboles, árboles, millones de árboles, inmensos, enormes, y a sus pies, arrimado a la orilla y a contracorriente, se deslizaba el sucio vaporcito como un escarabajo arrastrándose en el suelo de un majestuoso pórtico. Se sentía uno muy pequeño, muy perdido, y sin embargo el sentimiento no era del todo deprimente. Al fin y al cabo, pequeño como era, el escarabajo seguía arrastrándose, y eso era lo que uno quería. Adónde imaginaban los peregrinos que se arrastraba, eso no lo sé. ¡Apuesto que a algún lugar donde esperaban recibir algo a cambio! Para mí, se arrastraba exclusivamente hacia Kurtz; pero cuando las tuberías empezaron a tener escapes, nos arrastrábamos muy despacio. Las aguas se abrían delante de nosotros y se cerraban por detrás, como si la selva hubiera lentamente bajado a las aguas para cortarnos el camino de regreso. Penetrábamos más y más en el corazón de las tinieblas. Todo era silencioso allí. A veces, en la noche, el redoble de los tambores detrás del telón de árboles corría río arriba y quedaba vagamente suspendido, como flotando en el aire, sobre nuestras cabezas, hasta la primera luz del día. ¿Significaba guerra, paz o rezos? No hubiéramos podido decirlo. Una calma de frío anunciaba el amanecer. Los leñadores dormían, sus fogatas ardían débilmente, el crujido de una ramita nos sobresaltaba. Éramos vagabundos en una tierra prehistórica, una tierra que tenía el aspecto de un planeta desconocido. Hubiéramos podido creernos los primeros hombres en tomar posesión de una herencia maldita que solo podía dominarse al precio de angustias terribles y labores excesivas. Pero de repente, al hacer un giro difícil en un recodo, podíamos vislumbrar una pared de juncos y tejados de hierba terminados en punta, un estallido de gritos, de cuerpos de negras extremidades, una masa de manos que aplauden, de pies que golpean la tierra, de cuerpos que se balancean, de ojos que se ponen en blanco bajo el pesado e inmóvil follaje. El vapor avanzaba lenta y trabajosamente en el borde de un frenesí negro e incomprensible. El hombre prehistórico nos maldecía, nos rezaba, nos daba la bienvenida... ¿quién podía saberlo? Éramos incapaces de toda comprensión de lo que nos rodeaba; pasábamos deslizándonos como fantasmas, asombrados y secretamente consternados, como lo hubiera estado todo hombre cuerdo ante el brote de entusiasmo de un manicomio. No podíamos entender porque estábamos demasiado lejos y no podíamos recordar porque viajábamos en la noche de los tiempos, de esos tiempos que se han ido dejando apenas un rastro y ninguna memoria.

»La tierra parecía sobrenatural. Estamos acostumbrados a ver las formas encadenadas de un monstruo conquistado, pero allí, allí podíamos ver una cosa monstruosa y libre. Era sobrenatural y los hombres eran... no, no eran inhumanos. Eso era lo peor, ¿saben ustedes? La sospecha de que no eran inhumanos. Uno se hacía a la idea lentamente. Los hombres aullaban y saltaban y daban vueltas y hacían muecas horribles, pero lo que lo emocionaba a uno era la idea de que fueran humanos, como uno, la idea de nuestro remoto parentesco con este tumulto salvaje y apasionado. Era algo feo, sí, muy feo, pero quien fuera lo bastante hombre tendría que admitir para sí mismo que en su interior existía un leve rastro de respuesta a la franqueza terrible de ese sonido, una vaga sospecha de que hubiera en él un significado que uno —uno que tan remoto estaba de la primera noche de los tiempos— podía llegar a entender. ¿Y por qué no? La mente del hombre es capaz de cualquier cosa, porque todo está en ella, todo el pasado así como todo el futuro. Después de todo, ¿qué había allí? Alegría, miedo, tristeza, devoción, valor, ira —¿quién puede saberlo?— y verdad, la verdad desnuda, desprovista de la capa del tiempo. Que el tonto se quede boquiabierto y se estremezca; el hombre la conoce y puede enfrentarla sin un parpadeo. Pero debe ser al menos tan hombre como los de la orilla. Debe enfrentarse a esa verdad con su propia esencia verdadera: con su propia fuerza innata. ¿Los principios? Los principios no bastan. Son adquisiciones, ropas, trapos bonitos, sí, trapos que saldrán volando a la primera sacudida. No. Lo que se necesita es una fe deliberada. Algo que apele a mí en esa multitud demoníaca... ¿acaso lo hay? Muy bien. Oigo, admito, pero también tengo voz, y para bien y para mal la mía es la palabra que no se puede silenciar. Por supuesto que el tonto, con su miedo puro y sus buenos sentimientos, siempre está a salvo. ¿Quién está gruñendo? ¿Se sorprenden de que no haya desembarcado para bailar y aullar un poco en la orilla? Pues no, no lo hice. ¿Buenos sentimientos, dicen? ¡Al diablo con los buenos sentimientos! No tenía tiempo. Tenía que ocuparme de mezclar albayalde con tiras de mantas de lana para tapar con vendas las fugas de los tubos. Tenía que estar atento al timón y evitar los escollos y hacer que el montón de hojalata avanzara por las buenas o por las malas. Había bastante verdad superficial en estas cosas como para salvar a uno más sabio que yo. Y mientras tanto tenía que cuidar del salvaje que hacía de fogonero. Era un espécimen mejorado; sabía encender una caldera vertical. Allí estaba, debajo de mí, y les juro que mirarlo resultaba tan edificante como ver a un perro en calzones y sombrero de plumas caminando con las patas traseras. Unos pocos meses de entrenamiento habían bastado para aquel tipo tan estupendo. Entrecerraba los ojos para mirar el manómetro y el indicador del nivel del agua con un evidente esfuerzo de intrepidez; tenía los dientes limados, el pobre diablo, y el pelo escaso de su calva estaba afeitado en formas extrañas, y en cada una de sus mejillas había tres cicatrices ornamentales. Habría debido estar aplaudiendo y golpeando con los pies la orilla arenosa, pero en vez de eso estaba trabajando duro, esclavo de una extraña brujería llena de conocimientos provechosos. Era útil porque había sido instruido; y lo que sabía era esto: que si el agua de la cosa transparente llegaba a desaparecer, el malvado espíritu de la caldera se enfadaría por causa de su enorme sed y ejercería una terrible venganza. De manera que sudaba, alimentaba la caldera y observaba temeroso el cristal (con un improvisado amuleto de trapos atado al brazo y un pedazo de hueso pulido del tamaño de un reloj de pulsera que le atravesaba el labio inferior) mientras los márgenes boscosos del río se deslizaban junto a nosotros y dejábamos atrás el ruido de la orilla, las interminables millas de silencio... y nosotros seguíamos avanzando hacia Kurtz. Pero los escollos eran gruesos, el agua era traicionera y poco profunda y la caldera parecía en verdad contener a un demonio malhumorado, de manera que ni el fogonero ni yo teníamos tiempo de asomarnos a nuestros macabros pensamientos.

»Unas cincuenta millas antes de la estación del interior llegamos a una cabaña hecha de cañas, un poste inclinado y melancólico donde se agitaban los jirones irreconocibles de lo que una vez fue una bandera y un montón de leña apilada con cuidado. No nos lo esperábamos. Bajamos a la orilla y sobre el montón de leña encontramos un pedazo de tabla con unas palabras desteñidas escritas a lápiz. Cuando las desciframos, esto era lo que se leía: "Madera para ustedes. Dense prisa. Acérquense con cautela". Había una firma, pero era ilegible. No era Kurtz: era una palabra mucho más larga. "Dense prisa." ¿Adónde? ¿Río arriba? "Acérquense con cautela." No lo habíamos hecho. Pero la advertencia no podía referirse al lugar donde se encontraba solo después de haberse acercado. Algo andaba mal más arriba. ¿Pero qué, y a cuánta distancia? Esa era la pregunta. Comentamos desfavorablemente la imbecilidad de aquel estilo telegráfico. La espesura que nos rodeaba no dijo palabra; tampoco nos permitía mirar a lo lejos. Una cortina rasgada de sarga roja colgaba a la entrada de la cabaña y se sacudía tristemente frente a nuestras caras. La morada había sido desmantelada, pero se podía ver que un blanco había vivido allí hacía no mucho tiempo. Quedaba todavía una mesa tosca —un tablón sobre dos troncos—; un montón de basura reposaba en una esquina oscura; junto a la puerta,

recogí un libro. Había perdido la cubierta, y las páginas, de tan manosea-
das, habían quedado extremadamente sucias y suaves a la vez, pero el lomo
había sido amorosamente cosido con un hilo de algodón blanco que todavía se veía limpio. Era un hallazgo extraordinario. El título era *Investigación
sobre algunos aspectos de la náutica,* de un tal Towser o Towson, algo así,
capitán al servicio de Su Majestad. El contenido parecía bastante aburri-
do, con sus diagramas ilustrativos y repulsivas tablas de cifras, y el volumen tenía sesenta años. Manipulé aquella sorprendente antigüedad con
la mayor delicadeza posible, no fuera a disolverse entre mis manos. En el
libro, Towson o Towser investigaba seriamente acerca de la resistencia a
la tensión de las cadenas y los aparejos de los barcos, así como de otros
asuntos similares. No era un libro muy apasionante, pero a primera vista
podía verse allí una singularidad de propósito, una preocupación honesta
por la manera correcta de hacer el trabajo, que hacía que aquellas páginas
humildes, concebidas tanto tiempo atrás, brillaran con una luz que no era
solo profesional. El viejo y sencillo marino con su charla sobre cadenas y
poleas me hizo olvidarme de la jungla y los peregrinos, en una deliciosa
sensación de haber encontrado algo inequívocamente real. Que un libro
tal se encontrara allí era suficiente maravilla, pero aún más sorprendente
eran las notas hechas a lápiz en el margen, evidentemente referidas al tex-
to. ¡No podía dar crédito a mis ojos! ¡Estaban cifradas! Sí, aquello parecía
una cifra. Imaginen a un hombre trayendo a este lugar perdido un libro
como este y estudiándolo y poniendo notas, ¡y además cifrándolas! Era un
misterio extravagante.

»Llevaba un rato vagamente consciente de un molesto sonido, y cuando
levanté los ojos vi que el montón de leña había desaparecido y el director,
con ayuda de los peregrinos, me gritaba desde la orilla. Me metí el libro en
el bolsillo. Les aseguro: dejar la lectura fue como separarme a la fuerza del
refugio de una vieja y sólida amistad.

»Encendí el inválido motor para continuar. "Debe de tratarse de ese miserable traficante, ese intruso", exclamó el director mirando con malevo-
lencia hacia el lugar del que nos habíamos ido. "Debe de ser inglés", dije.
"Pues eso no lo salvará de meterse en problemas si no se cuida", murmuró,

sombrío, el director. Observé con inocencia fingida que ningún hombre está libre de problemas en este mundo.

»La corriente era más rápida ahora, el vapor trabajaba al límite de su aliento, la rueda de popa batía el agua lánguidamente, y me sorprendí a mí mismo escuchando de puntillas, esperando el siguiente golpe de las palas, pues a decir verdad esperaba que en cualquier momento la condenada máquina se diera por vencida. Era como asistir a los últimos parpadeos de una vida. Pero aun así nos arrastrábamos. A veces escogía un árbol como punto de referencia para medir nuestro progreso hacia Kurtz, pero siempre acababa por perderlo antes de que lo tuviéramos a nuestra altura. Mantener los ojos fijos en algo era pedirle demasiado a la paciencia humana. El director hacía gala de una hermosa resignación. Yo me impacientaba y me enfurecía y me ponía a discutir conmigo mismo si debía o no hablar abiertamente con Kurtz, pero antes de que pudiera llegar a una conclusión se me ocurría que mis frases o mi silencio, y de hecho cualquiera de mis acciones, sería una mera futilidad. ¿Qué importaba lo que nadie supiera o ignorara? ¿Qué importaba quién fuera el director? De vez en cuando uno recibe este tipo de revelaciones. Lo esencial de todo este asunto yacía en lo profundo, debajo de la superficie, más allá de mi alcance y de mi capacidad de entrometerme.

»Hacia el atardecer del segundo día creíamos encontrarnos a unas ocho millas de la estación de Kurtz. Yo quería seguir avanzando, pero el director me miró con aire grave y me dijo que la navegación allí era tan peligrosa que aconsejaba, puesto que el sol ya estaba muy bajo en el cielo, esperar allí donde estábamos hasta la mañana siguiente. Señaló además que, si pensábamos atender a la advertencia de acercarnos con cautela, la maniobra debería hacerse de día, no al atardecer ni en la oscuridad. Esto me pareció sensato. Ocho millas significaban cerca de tres horas de navegación; además, yo había alcanzando a ver ciertos rizos sospechosos en la parte alta de la cuenca. Sin embargo, la demora me molestó más de lo que hubiera podido decir, lo cual era absolutamente irracional, pues una noche más no importaba demasiado después de tantos meses de viaje. Como teníamos madera suficiente y lo esencial era la cautela, decidí anclar en el centro del río. El tramo allí era angosto, estrecho, con lados altos como una trinchera de ferrocarril. El crepúsculo se deslizó entre nosotros mucho antes de que se hubiera puesto el sol. La corriente fluía tersa y veloz, pero en los bancos se había instalado una callada quietud. Los árboles vivientes, enlazados entre sí por las enredaderas y los arbustos del sotobosque, parecían de piedra, hasta la rama más delgada, hasta la hoja más liviana. Aquello no era de ensueño: parecía sobrenatural, como un estado de trance. No se oía ni el más leve sonido de ningún tipo. Se quedaba uno allí, mirando asombrado, y comenzaba a sospechar que se había quedado sordo, y luego caía la noche de repente y lo dejaba a uno ciego también. A eso de las tres de la madrugada, un pez saltó en el agua, y el sonoro chapoteo me sobresaltó como un cañonazo. Cuando salió el sol había una niebla blanca, cálida y pegajosa, más cegadora que la noche. No cambiaba ni se movía, sino que nos rodeaba como algo sólido. Alrededor de las ocho o las nueve, se levantó como se levanta una persiana. Vislumbramos la multitud de altos árboles, la jungla inmensa y enmarañada y, colgada en el aire, la pequeña bola encendida del sol —todo completamente inmóvil—, y luego la persiana blanca bajó de nuevo, suavemente, como deslizándose por rieles engrasados. Ordené que se echara de nuevo la cadena del ancla, que ya habíamos comenzado a recoger. Antes de que terminara de correr con un traqueteo sordo, un grito, un grito muy fuerte de infinita desolación, se elevó en el aire opaco. Cesó. Un clamor de queja, modulado con disonancias salvajes, nos llenó entonces los oídos. Fue tan inesperado que el pelo se me erizó debajo de la gorra. No sé cómo lo percibieron los demás; el alboroto había sido tan repentino, y era tanta la impresión de que surgía de todas partes, que a mí me dio la sensación de que era la niebla misma la que gritaba. Culminó con el estallido apasionado de un chillido exorbitante, casi intolerable, que se interrumpió de pronto, dejándonos paralizados en una serie de estúpidas posturas mientras escuchábamos obstinadamente el silencio, tan excesivo y espantoso como el ruido. "¡Dios mío! ¿Qué significa…?", tartamudeó a mi lado uno de los peregrinos, un hombrecillo gordo de pelo arenoso y patillas coloradas que llevaba botas de cierre elástico y un pijama color rosa metido en los calcetines. Otros dos quedaron boquiabiertos un minuto entero, entraron y salieron precipitadamente del camarote y se quedaron allí, echando miradas temerosas con los wínchesters preparados en las manos. Nada veíamos más allá del vapor en el que estábamos, cuyas líneas borroneadas parecían haber estado a punto de disolverse, y, a nuestro alrededor, una vaporosa franja de agua de poco más de medio metro de ancho. Para nuestros ojos y oídos, el resto del mundo no existía. No estaba en ninguna parte. Se había ido, había desaparecido, sin dejar ni una sombra ni un murmullo.

»Fui a proa y ordené recoger la cadena de inmediato, de manera que pudiéramos levar el ancla y mover el vapor en un instante si llegáramos a necesitarlo. "¿Nos atacarán?", susurró una voz amedrentada. "Con esta niebla nos masacrarían", murmuró otro. Los rostros se crispaban por la tensión, las manos temblaban levemente, los ojos se olvidaban de parpadear. Era muy curioso ver el contraste entre las expresiones de los blancos y las de los camaradas negros de nuestra tripulación, que eran tan extraños como nosotros en aquel recodo del río, aunque sus hogares estuvieran tan solo a ochocientas millas de allí. Los blancos, muy turbados por supuesto, tenían además el curioso aspecto de estar dolorosamente sorprendidos por aquel escándalo indignante. Los otros tenían una expresión alerta, naturalmente interesada, pero sus rostros demostraban tranquilidad, aun los de aquellos que hacían muecas de esfuerzo mientras recogían la cadena. Varios intercambiaban frases cortas, como gruñidos, que parecían resolver el asunto de forma satisfactoria. Su líder, un negro joven de pecho amplio vestido severamente con una tela orlada de color azul oscuro, con feroces narinas y un peinado artístico de rizos aceitados, estaba a mi lado. "¡Ajá!", dije solo por compañerismo. "Atraparlo", exclamó el otro, abriendo los ojos inyectados de sangre con un destello de dientes afilados. "Atraparlo. Para nosotros." "Para ustedes, ¿eh?", dije. "¿Y qué harían con ellos?" "Comerlos", dijo bruscamente y recostándose con el codo en la borda se quedó mirando la niebla en una actitud digna y profundamente pensativa. Me habría sentido horrorizado, sin duda, si no se me hubiera ocurrido que el joven y sus amigos debían de estar muy hambrientos, que seguramente el hambre se había hecho más intensa en el curso del último mes. Habían sido contratados para seis meses (no creo que ninguno de ellos tuviera una idea clara del tiempo como la tenemos nosotros al cabo de incontables siglos. Ellos pertenecían todavía al comienzo de los tiempos; no tenían una experiencia heredada que les pudiera enseñar), y por supuesto, mientras hubiera un pedazo de papel escrito río abajo según cualquier ley absurda, nadie se preguntaba siquiera cómo iban a vivir. Era cierto que habían traído consigo carne de hipopótamo podrida, que no podía en todo caso durar demasiado tiempo, aun si los peregrinos no hubieran arrojado una porción considerable por la borda en medio de un deplorable bullicio. Parecía un procedimiento algo arbitrario, pero era en realidad un caso de legítima defensa. Nadie puede respirar carne de hipopótamo muerto al despertar, al dormir y al comer, y al mismo tiempo mantener la precaria cordura. Aparte de esto, se les daban tres pedazos de alambre de cobre a la semana, cada uno de unos veinte centímetros de longitud, y con eso podían teóricamente comprar sus provisiones en las aldeas de la ribera. Se imaginarán cómo funcionaba aquello. O bien no había aldeas, o bien los pobladores eran hostiles; o el director, que como el resto de nosotros se alimentaba de latas de conserva y con algún trozo de macho cabrío de vez en cuando, se negaba a detener el barco por alguna razón más o menos recóndita. De manera que, a menos que se tragaran el alambre o lo usaran para hacer aros y atraer a los peces, no veo de qué podía servirles aquel salario extravagante. Debo decir que se lo pagaban con una puntualidad digna de una respetable empresa comercial. Por lo demás, lo único comestible que vi en su poder —aunque no se veía comestible para nada— fue unos cuantos trozos de algo que parecía una masa a medio hornear de un sucio color lavanda, una masa que mantenían envuelta en hojas y a la cual de vez en cuando arrancaban un pedazo, pero tan pequeño que más parecían hacerlo por el aspecto de la cosa que por ningún propósito de alimento. ¿Por qué en nombre de todos los diablos del hambre no nos atacaron —eran treinta contra cinco— para darse por una vez una buena comilona? Cuando pienso en ello, no deja de sorprenderme. Eran hombres corpulentos y poderosos sin gran capacidad para medir las consecuencias de sus actos, valientes, fuertes aun entonces, aunque su piel había perdido brillo y sus músculos ya no eran duros. Y me di cuenta de que ahí entraba en juego algo que los hacía contenerse, uno de esos secretos humanos que desafían las probabilidades. Los observé con un interés de repente renovado, y no porque se me ocurriera que podrían devorarme dentro de poco, aunque debo reconocer que en ese momento percibí —bajo una nueva luz, como si dijéramos— cuán enfermizos se veían los peregrinos, y tuve la esperanza, sí, realmente tuve la esperanza, de que mi aspecto no fuese —¿cómo decirlo?— tan poco apetitoso: un toque de vanidad fantástica que estaba muy de acuerdo con la sensación onírica que llenaba mis días en aquella época. Tal vez tenía incluso un poco de fiebre. No se puede vivir con el dedo todo el día puesto en el pulso. A menudo tenía "algo de fiebre" o algo de otra cosa: eran los zarpazos juguetones de la selva, las bromas preliminares antes del ataque más serio que se presentaba siempre a su debido tiempo. Sí, los miraba como se mira a cualquier ser humano, con curiosidad ante sus impulsos, motivaciones, capacidades, debilidades, cuando se les pone a prueba frente a una inexorable necesidad física. ¡Se contenían! ¿Pero qué tipo de contención era aquella? ¿Era superstición, desagrado, paciencia, miedo, o alguna especie de honor primitivo? No hay miedo que pueda enfrentarse al hambre, no hay paciencia que la desgaste, el desagrado simplemente no existe donde el hambre está, y en cuanto a la superstición, a las creencias, a lo que podríamos llamar "principios", pesan menos que una hoja muerta en la brisa. ¿Acaso no saben ustedes cuán infernal puede ser la inanición prolongada, su exasperante tormento, sus negras ideas, su siniestra ferocidad sombría? Bien, yo sí. Un hombre necesita de toda la fuerza con que ha nacido para enfrentarse al hambre. De verdad que es más fácil enfrentarse a la desgracia, el deshonor, la pérdida del alma, que a esta forma de hambre prolongada. Triste, pero cierto. Y estos tipos no tenían motivo alguno para sentir el menor escrúpulo. ¡Contención! Antes esperaría contención de una hiena que merodea entre los cadáveres de un campo de batalla. Pero allí estaban los hechos; los hechos, asombrosos, visibles, como la espuma en las profundidades del mar, como una onda sobre un enigma insondable, un misterio más grande, cuando pensaba en ello, que la inexplicable y curiosa nota de desesperada tristeza producida por el salvaje clamor que había pasado junto a nosotros en la orilla, tras la ciega blancura de la niebla.

»Dos peregrinos discutían entre apresurados susurros acerca de la mejor orilla. "La izquierda." "No, no, ¿cómo se te ocurre? La derecha, por supuesto." "Es muy grave", dijo el director detrás de mí. "Me parecería lamentable que le sucediera algo al señor Kurtz antes de que lleguemos." Lo miré y no tuve la menor duda de su sinceridad. Era el tipo de hombre al que le gusta mantener las apariencias. Esta era su contención. Pero cuando murmuró algo acerca de partir inmediatamente, no me tomé siquiera la molestia de contestarle. Sabía, como lo sabía él, que era imposible. Si nos soltáramos del fondo, quedaríamos absolutamente en el aire, en el espacio. No podríamos saber hacia dónde nos dirigíamos, si río arriba o río abajo o a través del río, hasta que llegáramos de nuevo a una orilla… y entonces, por lo menos en un primer momento, no sabríamos cuál de las dos era. Por supuesto, no hice ningún movimiento. No estaba de ánimo para chocar. No podrían imaginar ustedes lugar más letal para un naufragio. Tanto si nos ahogábamos en el acto como si no, lo cierto era que rápidamente pereceríamos. "Le autorizo a tomar todos los riesgos", dijo tras un corto silencio. "Me niego a tomar ninguno", dije brevemente, y era justo la respuesta que el director esperaba, aunque el tono lo hubiera podido sorprender. "Bien, debo respetar su juicio. Usted es el capitán", dijo con especial cortesía. Me giré levemente hacia él, para señalarle mi agradecimiento, y dirigí la mirada a la niebla. ¿Cuánto podía durar? Las perspectivas eran desesperanzadoras. La aproximación a aquel Kurtz, explotador de marfil en la maldita espesura, estaba rodeada de tantos peligros como si se hubiera tratado de una princesa encantada que durmiera en un castillo fabuloso. "¿Cree usted que nos atacarán?", preguntó el director en tono confidencial.

»Por varias razones, yo no lo creía. La primera era la espesa niebla. Si se alejaban de la orilla en sus canoas se perderían en la niebla igual que nosotros si intentábamos movernos. Además, me había parecido que la selva de ambas orillas era igual de impenetrable; y, sin embargo, había ojos en ella, ojos que nos habían visto. La selva en ambas orillas era con toda certidumbre muy espesa, pero la maleza era evidentemente penetrable. Durante los breves momentos en que se levantó la niebla, sin embargo, yo no había visto canoas en ninguna parte del tramo, y mucho menos a la altura del vapor. Pero lo que volvía inconcebible la idea de un ataque era la naturaleza del ruido, de los gritos que habíamos oído. No tenían el carácter feroz que anuncia una intención hostil inmediata. Por más inesperados, salvajes y violentos que hubieran sido, me habían dejado una impresión de irresistible tristeza. La contemplación del vapor, por alguna razón, había llenado a aquellos salvajes de una inconsolable pesadumbre. Si lo había —expliqué—, el peligro venía de nuestra proximidad a una pasión humana desatada. Incluso la tristeza extrema puede desahogarse en forma de violencia, aunque generalmente tome la forma de apatía...

»¡Deberían haber visto la mirada de los peregrinos! No tenían ánimo ni para sonreír ni para vilipendiarme, pero estoy seguro de que creyeron que había enloquecido: de miedo, tal vez. Les di una verdadera conferencia. Mis queridos amigos, no había para qué molestarse. ¿Estar vigilantes? Se imaginarán ustedes que yo observaba la niebla como un gato observa a un ratón, buscando señales de que se va a levantar, pero para cualquier otra cosa nuestros ojos eran tan inútiles como si hubiéramos estado enterrados a varias millas de profundidad en una pila de algodón. Y así era la impresión que producía: asfixiante, cálida, sofocante. Además, todo lo que les dije, aunque sonara extravagante, era absolutamente cierto. Lo que después llegamos a considerar un ataque era realmente un intento de rechazo. La acción distaba mucho de ser agresiva; no era ni siquiera defensiva en el sentido habitual de la palabra; fue llevada a cabo bajo el apremio de la desesperación, y en su esencia era puramente protectora.

»Se desarrolló dos horas después, diría yo, de que se levantara la niebla, y su inicio tuvo lugar más o menos a una milla y media río abajo desde la estación de Kurtz. Acabábamos de salir entre sacudidas de un recodo cuando divisé una isleta, un montículo de hierba de un verde luminoso en medio de la corriente. Era el único en la zona, pero cuando se ensanchó el horizonte me di cuenta de que se trataba de la cabeza de un largo banco de arena, o mejor, una cadena de parches poco profundos que se extendía en medio del río. Eran descoloridos, inundados apenas, y el conjunto se veía en el agua exactamente como se ve la columna vertebral de un hombre bajando por el medio de la espalda bajo la piel. Hasta donde pude ver, podía evitarlo por la izquierda o por la derecha. No conocía ninguno de los dos canales, por supuesto. Los bancos se veían muy similares, la profundidad parecía la misma, pero, como me habían informado que la estación se encontraba del lado oeste, naturalmente me dirigí al pasaje de ese lado.

»Tan pronto como habíamos entrado en él, me percaté de que era mucho más angosto de lo que había imaginado. A nuestra izquierda estaba el banco de arena, largo e ininterrumpido, y a la derecha una orilla elevada y abrupta, sólidamente cubierta de arbustos. Encima de los arbustos se levantaban los árboles en filas apretadas. Las ramas colgaban densas sobre la corriente, y de cuando en cuando el rígido tronco de un árbol se proyectaba hacia el río. La tarde estaba avanzada, el rostro de la selva se había oscurecido y una franja de sombra ancha había caído ya sobre el agua. En esta sombra navegábamos muy lentamente, como podrán imaginar. Me desvié hacia la orilla, pues la sonda me revelaba que allí el agua era más profunda.

»Uno de mis hambrientos y tolerantes amigos sondeaba desde la proa, debajo de donde yo estaba. El vapor era exactamente como una chalana de dos niveles. Sobre la cubierta había dos casetas de teca con puertas y ventanas. La caldera estaba del lado de proa y las máquinas justo en la popa. Sobre el conjunto había un techo ligero que se apoyaba en montantes. La chimenea sobresalía a través del techo; frente a la chimenea, una pequeña cabina hecha de tablas ligeras albergaba al piloto. Había en ella una litera, dos sillas de campaña, un Martini-Henry cargado y recostado en una esquina, una mesa diminuta y el timón. La puerta era ancha y a cada lado había un amplio postigo, ambos, por supuesto, siempre abiertos de par en par. Me pasaba los días subido allí, del lado de proa, junto a la puerta. Por las noches dormía, o intentaba dormir, en la litera. Un negro atlético, proveniente de alguna tribu costera y educado por mi pobre predecesor, era el timonel. Lucía unos pendientes de latón, vestía una tela azul que lo envolvía de la cintura a los pies y tenía la mejor opinión de sí mismo. Era el tonto más inestable que me ha tocado conocer. Guiaba el vapor con toda la arrogancia del mundo si uno estaba a su lado, pero si lo perdía a uno de vista se convertía en presa de una pereza abyecta y podía dejar que aquel vapor destartalado le ganara la partida en minutos.

»Yo tenía la mirada fija en la sonda, fastidiado al ver que a cada intento el palo sobresalía un poco más del río, cuando vi cómo el encargado de la sonda dejaba la labor de repente y se echaba sobre la cubierta sin molestarse siquiera en recoger el palo. No lo soltó, sin embargo, y el palo hacía una estela en el agua. Al mismo tiempo el fogonero, a quien también alcanzaba a ver debajo de mí, se sentó de manera abrupta frente a su horno y agachó la cabeza. Me quedé atónito. Entonces tuve que mirar hacia el río rápidamente, pues había un escollo en el canal. Por todas partes volaban nubes de palos, palos delgados; pasaban zumbando ante mis narices, caían a mis pies, chocaban contra la cabina a mis espaldas. Todo este tiempo el río, la orilla, el bosque, permanecían en silencio, en perfecto silencio. Solo se oía el pesado chapoteo de la rueda de popa y el golpeteo de estas cosas. Salvamos el escollo torpemente. ¡Eran flechas, por Dios! ¡Nos disparaban! Me adelanté para cerrar el postigo que daba a tierra. El imbécil del timonel, las manos puestas en las cabillas del timón, levantaba las rodillas, daba patadas en el suelo, masticaba con impaciencia como un caballo al que se le corta la rienda. ¡Maldito sea! Y nosotros tambaleándonos a tres metros de la orilla. Tuve que sacar medio cuerpo para tirar del pesado postigo y vi una cara entre las hojas, a mi nivel, mirándome muy firme y fiera, y de repente, como si se me hubiera corrido un velo de los ojos, distinguí al fondo de la enmarañada penumbra los pechos desnudos, los brazos, las piernas, los ojos deslumbrantes: el bosque hervía de miembros humanos en movimiento, relucientes, del color del bronce. Las ramas se sacudían, se agitaban, susurraban, y las flechas salían volando desde allí, y entonces pude cerrar el postigo. "¡Todo recto!", le dije al timonel. Él mantenía la cabeza rígida hacia delante, pero ponía los ojos en blanco, levantaba y bajaba los pies suavemente, y de su boca salía espuma. "¡Silencio!", dije con furia. Fue como si le hubiera ordenado a un árbol que no se balanceara en el viento. Irritado, salí de allí. Debajo de mí, sobre la cubierta de hierro, sonaba una refriega de pies y exclamaciones confusas; una voz gritó: "¿Podemos dar la vuelta?". Vi una onda en forma de V en el agua, delante de nosotros. "¿Qué? ¡Otro escollo!" Un tiroteo estalló bajo mis pies. Los peregrinos habían abierto fuego con sus wínchesters, simplemente chorreando con plomo la espesura. Se levantó una humareda que fue avanzando lenta hacia delante. Solté un improperio. Ahora no podía ver ni la onda ni el escollo. Me quedé en la puerta, mirando las flechas que caían en enjambres. Podían estar envenenadas, pero por su aspecto no habrían matado a un gato. La maleza comenzó a aullar. Nuestros leñadores lanzaron un grito de guerra; el estallido de un rifle a mis espaldas me ensordeció. Miré por encima del hombro y la cabina estaba todavía llena de ruido y de humo cuando me abalancé sobre el timón. El negro imbécil lo había soltado para abrir el postigo y disparar con el Martini-Henry. Allí estaba, de pie frente a la apertura, mirando fijamente, y le grité que regresara mientras enderezaba el repentino serpenteo del vapor. No había espacio para girar ni aunque lo hubiera querido, el escollo estaba muy cerca de nosotros en medio de aquel humo maldito y no había tiempo que perder, de manera que acerqué la nave al banco de arena, justo donde sabía que el agua era profunda.

»Nos abrimos paso entre las malezas colgantes en un remolino de ramas rotas y hojas sueltas. Abajo, el tiroteo se detuvo cuando se vaciaron los cargadores, tal como yo había previsto. Eché la cabeza atrás al oír un zumbido destellante que atravesó la cabina, entrando por un postigo y saliendo por el otro. Más allá del timonel desquiciado que sacudía un rifle vacío e increpaba la orilla, vi vagas formas humanas que corrían agachadas, saltando, deslizándose, definidas, incompletas, evanescentes. Algo grande apareció en el aire delante del postigo; el rifle cayó por la borda y el hombre dio un rápido paso atrás, me miró por encima del hombro en una forma extraordinaria, profunda y familiar, y cayó a mis pies. Un costado de su cabeza golpeó contra el timón dos veces, y el extremo de lo que parecía un largo bastón repiqueteó en el suelo y fue a derribar una pequeña silla de campaña. Parecía como si, en el esfuerzo por arrebatarle el objeto a uno de los hombres de la orilla, hubiera perdido el equilibrio. El delgado humo se había dispersado, habíamos evitado el escollo, y mirando a la distancia vi que unos cien metros más adelante ya podría girar para alejarme de la orilla, pero sentí en ese momento un calor húmedo en los pies que me obligó a bajar la mirada. El hombre se había acostado sobre la espalda y me miraba fijamente; sus dos manos se aferraban al bastón. Se trataba del mango de una lanza que le habían arrojado o clavado a través del postigo abierto, y que se le había enterrado en el costado, justo debajo de las costillas; la hoja que lo había penetrado se había perdido tras causar una herida terrible; la sangre me llenaba los zapatos; un charco muy quieto de un rojo oscuro relucía bajo el timón; los ojos del hombre brillaban con un resplandor extraño. El tiroteo comenzó de nuevo. El hombre me miró con ansiedad, aferrado a la lanza como si fuera algo valioso, como si tuviera miedo de que yo se la pudiera arrebatar. Tuve que hacer un esfuerzo para apartar los ojos de su mirada y concentrarme en el timón. Levanté una mano y busqué a tientas el cordón del silbato del vapor y, tirando de él apresuradamente, hice sonar un pitido tras otro. El tumulto de enfurecidos gritos de guerra cesó de inmediato y enseguida, de las profundidades del bosque, emergió un aullido de temor melancólico y absoluta desesperación tan trémulo y prolongado como podría ser el que siguiera a la desaparición de la última esperanza de la tierra. Se produjo una gran conmoción en la maleza; la lluvia de flechas se detuvo; unos cuantos disparos retumbaron; luego se hizo el silencio, y el lánguido chapoteo de la rueda de popa me llegó a los oídos. Dirigí el timón a estribor en el momento justo en que apareció en la puerta, acalorado y agitado, el peregrino del pijama rosa. "El director me envía...", comenzó en un tono oficial y luego se detuvo. "¡Dios mío!", exclamó al ver al herido.

»Los dos blancos quedamos de pie junto a él, y su mirada lustrosa e inquisidora nos envolvió a ambos. Les aseguro que era como si en ese instante nos fuera a hacer una pregunta en algún lenguaje comprensible, pero murió sin musitar sonido, sin mover un miembro, sin que se le sacudiera un músculo. Solo en el último instante, como respondiendo a una señal que nosotros no veíamos, a algún susurro que no oíamos, frunció pesadamente el ceño, y ese gesto dio a su negra máscara mortuoria una expresión

inconcebiblemente sombría, perturbadora y amenazante. El brillo de la mirada inquisidora se disolvió rápidamente en un vacío vidrioso. "¿Puede manejar el timón?", le pregunté con impaciencia al hombre. Se veía dubitativo, pero lo agarré del brazo y entendió al instante que necesitaba que tomara el timón, supiera o no manejarlo. A decir verdad, yo estaba ansioso por cambiarme los zapatos y los calcetines. "Está muerto", murmuró el tipo, muy impresionado. "De eso no hay duda", dije yo tirando como loco de los cordones de mis zapatos. "Y por cierto, yo diría que en estos momentos también está muerto el señor Kurtz."

»Durante un rato, aquel fue el pensamiento dominante. Había allí una sensación de frustración extrema, como si acabara de descubrir que me había esforzado por obtener algo sin sustancia. No me hubiera sentido más disgustado si hubiera viajado hasta allí con el único propósito de hablar con el señor Kurtz. Hablar con... Tiré un zapato por la borda y en ese instante me di cuenta de que aquello, una conversación con Kurtz, era lo que había estado deseando. Hice el extraño descubrimiento de que nunca me lo había imaginado haciendo nada, sino tan solo disertando. No me dije: "Ahora nunca lo veré", ni tampoco: "Ahora nunca le daré la mano", sino: "Ahora nunca oiré su voz". El hombre, para mí, era una voz. No es que no lo relacionara con alguna forma de acción, por supuesto. ¿Acaso no me habían contado en todos los tonos de la admiración y de los celos cómo había recolectado, intercambiado, estafado y robado más marfil que todos los agentes juntos? La cuestión no era esa. La cuestión era que se trataba de una persona de talento, y entre todos sus talentos el que sobresalía, el que llevaba consigo un sentido de presencia real, era su habilidad para hablar, sus palabras: el don de la expresión, desconcertante e iluminador, el más exaltado y el más despreciable, el palpitante rayo de luz o el engañoso flujo desde el corazón de una impenetrable oscuridad.

»El otro zapato salió volando hacia aquel endemoniado río. "¡Por Dios!", pensé, "todo se ha acabado. Hemos llegado demasiado tarde; el hombre se ha desvanecido... el don se ha desvanecido por culpa de alguna lanza o flecha, de algún mazo. Después de todo, nunca oiré hablar a ese tipo". Y en mi tristeza hubo cierta extravagancia emotiva, similar a la que había visto en los tristes aullidos de aquellos salvajes de la selva. No habría sentido más desolación si me hubieran robado la fe o si hubiera equivocado mi destino en esta vida... ¿Por qué suspira alguien de ese modo tan horrible? ¿Absurdo, les parece? Pues bien, es absurdo. ¡Dios santo! Acaso no puede un hombre... En fin, denme un poco de tabaco...

Hubo una pausa de profunda quietud; entonces se encendió un fósforo, y apareció la delgada cara de Marlow, desgastada, hundida, surcada de pliegues de arriba abajo, con los párpados caídos y un aspecto de atención concentrada; y mientras daba vigorosas chupadas a la pipa, parecía retroceder y avanzar sobre el fondo de la noche, iluminada por los parpadeos regulares de la diminuta llama. El fósforo se apagó.

—¡Absurdo! —exclamó—. Esto es lo peor de tratar de contarles... Aquí están todos ustedes con las amarras bien atadas, dueños de dos residencias como una vieja nave con dos anclas, un carnicero en una esquina, un policía en la otra, con un apetito excelente y una temperatura normal, óiganme bien, normal de un año al otro. ¡Y me dicen que es absurdo! ¡Pues al diablo con lo absurdo! Mis queridos amigos, ¿qué pueden ustedes esperar de un hombre que de puros nervios acaba de tirar sus zapatos por la borda? Ahora que lo pienso, es sorprendente que no haya roto a llorar. Viéndolo bien, estoy orgulloso de mi fortaleza. Me había herido en lo más vivo la idea de haber perdido el inestimable privilegio de escuchar al talentoso Kurtz. Por supuesto, me equivocaba. El privilegio me estaba esperando. Sí, llegué a oír más que suficiente. Y además, estaba en lo cierto. Una voz. El hombre era poco más que una voz. Y lo oía a él, oí su voz, otras voces, y todas eran poco más que voces, y la memoria de ese tiempo permanece a mi alrededor, impalpable, como la vibración moribunda de un inmenso parloteo, estúpido, atroz, sórdido, salvaje, o simplemente malvado y sin sentido alguno. Voces, voces... incluso la de la chica... pero....

Permaneció un largo rato en silencio.

—Al final me liberé del fantasma de sus talentos con una mentira —comenzó de repente—. ¿La chica? ¿Qué? ¿He mencionado a una chica? Oh, ella está fuera de todo esto, completamente. Ellas, quiero decir las mujeres, están fuera de esto, deberían estarlo. Debemos ayudarlas a permanecer en ese bello mundo suyo, no vaya a ser que el nuestro empeore. Sí, ella tenía que quedar fuera. Deberían ustedes haber oído al cuerpo desenterrado de Kurtz diciendo «Mi prometida». Entonces habrían percibido directamente hasta qué punto ella estaba al margen de todo. ¡Y la frente del señor Kurtz, ese orgulloso hueso! Dicen que a veces el pelo sigue creciendo, pero este... este espécimen era impresionantemente calvo. La selva le había pasado la mano por la cabeza, y he aquí que era como una bola, una bola de marfil; la selva le había dado una caricia y él se había marchitado; la selva lo había recibido, amado, abrazado, había penetrado sus venas y consumido su carne, había sellado su alma junto a la del hombre por medio de las inconcebibles ceremonias de alguna iniciación diabólica. Él era su favorito, mimado y adulado. ¿Marfil? Sí, ya lo creo. Pilas de marfil, montones. El viejo tugurio de barro reventaba de marfil. Cualquiera hubiera pensado que no quedaba un solo colmillo en todo el país, ni encima ni debajo de la tierra. «Fósil, la mayor parte», había comentado desdeñosamente el director. Era tan fósil como lo puedo ser yo, pero así lo llaman cuando lo han excavado. Parece que estos negros entierran los colmillos a veces, pero evidentemente no habían podido enterrar esta parcela a la suficiente profundidad como para salvar al señor Kurtz de su destino. Llenamos el vapor con el marfil y una gran parte la tuvimos que apilar en cubierta. Así pudo verlo y disfrutarlo tanto como fue posible, pues la apreciación de estos favores permaneció con él hasta el final. Tendrían que haberle oído decir: «Mi marfil». Sí, yo lo oí. «Mi prometida, mi marfil, mi estación, mi río, mi...». Todo le pertenecía. Me hizo contener la respiración a la espera de que la selva estallara en una sonora carcajada que sacudiera a las estrellas en sus sitios. Todo le pertenecía: pero eso no era nada. La cuestión era saber a qué le pertenecía él, cuántos poderes de las tinieblas lo reclamaban como suyo. Era esa idea la que le producía a uno escalofríos. Tratar de imaginarlo era imposible, y además no era bueno para uno. El hombre había ocupado un lugar de privilegio entre los demonios de aquella tierra, y esto lo digo literalmente. ¿No lo entienden? ¿Cómo podrían? Ustedes tienen pavimento sólido bajo los pies, viven rodeados de amables vecinos siempre listos a animarlos o auxiliarlos, caminando delicadamente entre el carnicero y el policía, en medio del temor sagrado del escándalo y la horca y los asilos de lunáticos... ¿Cómo podrían imaginar ustedes a qué regiones primitivas puede llegar un hombre cuando sus pasos, libres de ataduras, lo llevan por el camino de la soledad? La soledad total, sin el acompañamiento de los policías; el camino del completo silencio, donde no se alcanza a oír la voz de advertencia del amable vecino que nos habla en susurros acerca de la opinión pública. Estas pequeñas cosas marcan una enorme diferencia. Cuando no existen, debe uno apoyarse en su propia fuerza innata, su propia capacidad para la fe. Por supuesto que puede uno ser demasiado estúpido para equivocarse, demasiado tonto para darse cuenta de que las fuerzas de las tinieblas lo están asaltando. Estoy seguro de que ningún tonto jugó nunca su alma al diablo. El tonto es demasiado tonto o el diablo es demasiado diablo, no lo sé. O puede uno ser una criatura tan exaltada que permanezca ciega y sorda a todo, salvo a las imágenes y los sonidos del cielo. En ese caso, la tierra no es más que un lugar de tránsito; si ello es una ganancia o una pérdida, no lo puedo decir yo. Pero la mayoría de nosotros no somos ni lo uno ni lo otro. Para nosotros, la tierra es un lugar donde vivir, donde soportar imágenes, sonidos y también olores, ¡sí, por Dios! Respirar hipopótamo muerto, por así decirlo, y no quedar contaminados. Y es allí donde interviene nuestra fuerza, la fe en nuestra habilidad para cavar hoyos discretos donde esconder las cosas, nuestro poder de devoción no a nosotros mismos sino a un trabajo oscuro y agotador. Y eso ya es lo bastante difícil. Entiendan, no estoy tratando de disculpar, ni de explicar siquiera: trato de rendir cuentas por... por... el señor Kurtz, sí, por la sombra del señor Kurtz. Aquel espectro venido de los confines de la Nada me honró con su sorprendente confianza antes de desaparecer por completo. Esto se debió al hecho de que pudiera hablarme en inglés. El Kurtz original se había educado en parte en Inglaterra, y sus simpatías —tal como decía buenamente él mismo— estaban todas en el lugar correcto. Su madre era medio inglesa, su padre era medio francés. Toda Europa contribuyó en la creación de Kurtz, y pronto supe que la Sociedad Internacional para la Supresión de las Costumbres Salvajes le había encomendado la redacción de un informe que les sirviera de guía futura. Y él lo hizo, ya lo creo. Yo lo he visto. Lo he leído. Era elocuente, vibraba de elocuencia, pero había en él, me parece, demasiada tensión. Diecisiete páginas de escritura apretada. El hombre había encontrado el tiempo para escribirlas. Pero esto debió de ser antes de que sus nervios, digámoslo así, se fueran por el camino equivocado y lo llevaran a presidir ciertas danzas de medianoche que terminaban en horrorosos ritos, los cuales, según pude deducir por lo que oí en varias ocasiones, eran ofrecidos en su honor, ¿entienden?, en honor del propio señor Kurtz. Pero era una magnífica pieza literaria. Y sin embargo, el primer párrafo, sobre todo a la luz de posteriores informaciones, me parece ahora ominoso. Comenzaba con el argumento de que nosotros los blancos, en razón del grado de desarrollo que hemos conseguido, «debemos necesariamente parecerles a ellos (los salvajes) seres sobrenaturales: nos acercamos a ellos con el poder de una deidad», y demás cosas por el estilo. «Mediante el simple ejercicio de nuestra voluntad podemos desempeñar un poder para el bien prácticamente ilimitado», etc. A partir de allí, la escritura se elevaba y me llevaba consigo. La perorata era magnífica, aunque difícil de recordar. Me dio la impresión de una exótica inmensidad gobernada por una augusta benevolencia. Me hizo estremecerme de entusiasmo. Era el poder ilimitado de la elocuencia, de las palabras, de las nobles y ardientes palabras. No había alusiones prácticas que interrumpieran la mágica corriente de las frases, a no ser que una especie de nota al pie de la última página, garabateada evidentemente mucho después por una mano temblorosa, pueda considerarse como la exposición de un método. Era muy sencilla y allí, al final de aquella conmovedora llamada a los sentimientos más altruistas, resplandecía luminosa y aterradora como un relámpago en un cielo sereno: «¡Exterminar a todos los salvajes!». Lo curioso era que el hombre parecía haber olvidado aquella valiosa posdata, porque después, cuando, por decirlo así, recuperó el sentido, me recomendó que cuidara bien de «mi panfleto» (como lo llamaba), pues estaba seguro de que tendría en el futuro una influencia positiva sobre su carrera. Tenía yo bastante información acerca de todas estas cosas, y además resultó que fui el encargado del cuidado de su memoria. He hecho por ella lo suficiente como para ganar el derecho de, si así lo decido, dejarla descansar para siempre en los basureros del progreso, entre todos los desechos y, figuradamente hablando, los gatos muertos de la civilización. Pero ya lo ven ustedes: no tengo opción. El hombre se resiste al olvido. Fuera lo que fuese, no era un ser común. Tenía el poder de hechizar o aterrorizar a las almas rudimentarias hasta conseguir que bailaran una danza macabra en su honor, y podía también llenar de amargos recelos las pequeñas almas de los peregrinos; tenía, al menos, un amigo devoto, y había conquistado un alma en este mundo que no fuera rudimentaria ni estuviera viciada por el egoísmo. No, no puedo olvidarlo, aunque no estoy dispuesto a asegurar que el hombre valiera la vida que perdimos para llegar hasta él. Yo echaba de menos terriblemente a mi difunto timonel; lo echaba de menos incluso con su cuerpo todavía en la cabina. Acaso les parezca a ustedes más bien extraño este lamento por un salvaje que no tenía más importancia que un grano de arena en un Sahara negro. ¿Pero no lo ven? Él había hecho algo: había manejado el timón. Durante meses lo tuve a mis espaldas: una ayuda, un instrumento. Aquello era una especie de sociedad. Él llevaba el timón; yo lo cuidaba, me preocupaba por sus deficiencias, y así se había creado un vínculo sutil del cual solo fui consciente cuando se hubo roto. Y la íntima profundidad de esa mirada que me dirigió en el momento en que fue herido permanece hasta hoy en mi memoria, como el reclamo de un distante parentesco que se hubiera afirmado en el instante supremo.

»¡Pobre tonto! Si tan solo hubiera dejado aquel postigo en paz. Era incapaz de contenerse... de contenerse... igual que Kurtz... era un árbol que se mueve con el viento. Tan pronto me hube puesto un par de zapatillas secas, lo arrastré hacia afuera, después de arrancarle la lanza del costado, operación que, lo confieso, llevé a cabo con los ojos bien cerrados. Sus talones saltaron al mismo tiempo al dar con el pequeño escalón de la puerta; sus hombros se apretaban contra mi pecho; yo lo abrazaba desesperadamente por detrás. Era pesado, muy pesado; más pesado, me imagino, que cualquier otro hombre de la tierra. Enseguida, sin más trámite, lo lancé por la borda. La corriente lo atrapó como si se tratara de una hoja de hierba y el cuerpo se dio la vuelta dos veces antes de perderse de mi vista para siempre. Todos los peregrinos y el director estaban congregados bajo el toldo de cubierta, junto a la cabina de pilotaje, parloteando como una bandada de urracas alborotadas, y hubo un murmullo de escándalo producido por la despiadada rapidez de mi proceder. Para qué hubieran querido mantener el cuerpo a bordo es algo que no logro adivinar. Para embalsamarlo, tal vez. Pero también había escuchado otro murmullo, y muy ominoso, procedente de la cubierta inferior. Mis amigos los leñadores estaban también escandalizados, y con mayor razón, aunque admito que la razón en sí misma me resultaba inadmisible. ¡Ya lo creo! Me había hecho a la idea de que si alguien había de comerse a mi difunto timonel, serían los peces solamente. En vida había sido un timonel de segunda, pero ahora estaba muerto y podría convertirse en una tentación de primera y quizás causar alarmantes problemas. Además estaba ansioso por tomar el timón, pues el hombre del pijama rosa había demostrado ser un inútil sin redención para el oficio.

»Esto lo hice tan pronto se hubo terminado el sencillo funeral. Navegábamos a media marcha, manteniéndonos en mitad de la corriente, y yo iba escuchando lo que se hablaba sobre mí. Habían renunciado a Kurtz, habían renunciado a la estación; Kurtz estaba muerto y la estación había sido quemada, etcétera, etcétera. El peregrino pelirrojo estaba fuera de sí ante la idea de que al menos el pobre Kurtz había sido debidamente vengado. "¡Caray! Qué masacre maravillosa hicimos en la espesura, ¿eh? ¿No le parece? ¿Eh?" Literalmente bailaba, el pequeño pelirrojo sanguinario. ¡Él, que casi se había desmayado cuando vio al herido! No pude evitar decirle: "Pues mucho humo sí que hicieron, de todas formas". Yo había visto, por la manera en que crujían y volaban las copas de los árboles, que casi todos los tiros habían pegado demasiado alto. No es posible dar en el blanco a menos que se apunte y se dispare desde el hombro, pero estos tipos disparaban desde la cintura y con los ojos cerrados. La retirada, sostuve —y tenía razón—, se debió a los pitidos de la sirena de vapor. Ante esto, los hombres se olvidaron de Kurtz y comenzaron a vociferar, dirigiéndome sus protestas indignadas.

»El director permaneció junto al timón, y estaba murmurando confiadamente acerca de la necesidad de avanzar río abajo cuanto fuera posible antes de que oscureciera, cuando vi a lo lejos un claro en la orilla y los contornos de alguna especie de edificio. "¿Qué es eso?", pregunté. Él aplaudió, asombrado. "¡La estación!", exclamó. De inmediato acerqué el vapor a la orilla, siempre a media marcha.

»A través de los binoculares vi la pendiente de una colina con árboles dispersos aquí y allá y perfectamente libre de maleza. En la cima, un edificio largo y deteriorado yacía medio enterrado en la hierba alta; vistos desde lejos, los grandes agujeros del techo puntiagudo se abrían como bocas negras; la selva y los árboles formaban el fondo. No había cercado ni empalizada de ningún tipo, pero aparentemente hubo una en algún momento, pues cerca de la casa quedaba todavía media docena de postes delgados, podados toscamente, con los extremos superiores adornados con bolas redondas y talladas. Los barrotes, o lo que sea que los hubiera unido, habían desaparecido. Por supuesto, el bosque lo rodeaba todo. La orilla estaba despejada; junto al agua, un hombre blanco con un sombrero que más parecía una rueda de carro nos hacía señas insistentemente con el brazo entero. Al examinar la linde del bosque arriba y abajo, estuve casi seguro de que podía ver movimientos: formas humanas deslizándose aquí y allá. Pasé de largo con prudencia, luego detuve los motores y dejé que la nave flotara río abajo. El hombre de la orilla empezó a gritar, rogándonos que desembarcáramos. "Nos han atacado", chilló el director. "Lo sé, lo sé. Está todo bien", exclamó el otro, tan alegre como puedan imaginarse. "Vengan. Está todo bien. Estoy muy contento".

»Su aspecto me recordaba algo, algo gracioso que había visto alguna vez. Mientras maniobraba para atracar, me preguntaba: "¿Qué me recuerda este tipo?". De repente lo supe. Parecía un arlequín. Su ropa estaba hecha de algo que parecía lino crudo cubierto por todas partes de remiendos, remiendos de colores vivos, azules, rojos, amarillos: remiendos en la espalda, remiendos en el frente, remiendos en los codos, en las rodillas, un ribete de colores alrededor de la chaqueta, un borde escarlata en las botas de los pantalones, y la luz del sol le daba un aspecto muy alegre y, con todo, maravillosamente acicalado, porque uno podía ver el primor con que se habían hecho los remiendos. Una cara imberbe, como de niño, de tez clara, sin rasgos destacables, la nariz levemente pelada, los ojos pequeños y azules; sobre su rostro, las sonrisas y los ceños fruncidos se perseguían entre sí como la luz y la sombra en una llanura asolada por el viento. "¡Cuidado, capitán!", exclamó. "Desde anoche hay un escollo caído por ahí." ¿Qué? ¡Un escollo más! Confieso que maldije vergonzosamente. Había estado a punto, para terminar aquel viaje tan encantador, de abrir una tronera en mi cascarón. El arlequín de la orilla me dirigió su chata naricita. "¿Inglés?", me preguntó, todo sonrisas. "¿Y usted?", le grité desde el timón. Las sonrisas se evaporaron y el hombre meneó la cabeza como disculpándose por desilusionarme. Luego el rostro se le volvió a iluminar. "¡No importa!", gritó como dándome ánimos. "¿Estamos a tiempo?", pregunté. "Está allá arriba", replicó señalando con la cabeza la cima de la colina y adoptando de repente una expresión sombría. Su rostro era como el cielo de otoño, cubierto en un momento y despejado en el siguiente.

»Cuando el director, escoltado por los peregrinos, todos armados hasta los dientes, se hubo marchado hacia la casa, el tipo subió a bordo. "Déjeme decirle que esto no me gusta nada", le dije. "Los nativos están ahí, entre la maleza." Me aseguró con toda seriedad que no había ningún problema. "Son gente simple", añadió. "Bueno, estoy contento de que haya llegado. Me he pasado todo el tiempo manteniéndolos a raya." "Pero me acaba de decir que no hay problemas", exclamé. "Oh, no quieren hacerle daño a nadie", dijo, y ante mi mirada fija se corrigió: "No exactamente". Luego, con vivacidad: "¡Por Dios! ¡Su cabina necesita una buena limpieza!". A renglón seguido me aconsejó mantener suficiente vapor en la caldera para hacer sonar la sirena en caso de que hubiera algún problema. "Un buen pitido hará más que todos sus rifles. Son gente simple", repitió. Parloteaba a un ritmo tal que me dejaba abrumado. Parecía tratar de compensar los muchos ratos de silencio que había tenido, y aun llegó a sugerir, entre risas, que así era. "¿No habla usted con el señor Kurtz?", le pregunté. "Uno no habla con ese hombre: uno lo escucha", exclamó él, severamente exaltado. "Pero ahora...". Agitó un brazo y en un abrir y cerrar de ojos se había sumido en las más recónditas profundidades del desaliento. En un instante regresó con un salto, me tomó por ambas manos, las sacudió

mientras decía atropelladamente: "Hermano marino... honor... placer... disfrute... me presento... ruso... hijo de un arcipreste... gobernador de Tambov... ¿Qué?... ¡Tabaco! Tabaco inglés, ¡el excelente tabaco inglés! Esto sí es un compañero. ¿Dónde se ha visto un marino que no fume?".

»La pipa lo calmó y yo fui sabiendo poco a poco que había huido de la escuela, se había hecho a la mar en un barco ruso, había huido de nuevo, había servido un tiempo en barcos ingleses y ahora se había reconciliado con el arcipreste. Insistió mucho en ello. "Pero cuando uno es joven, hay que ver el mundo, acumular experiencia, ideas, ensanchar la mente." "¿Aquí?", lo interrumpí. "¡Uno nunca sabe! Aquí conocí al señor Kurtz", dijo con ademán juvenil, lleno de solemnidad y de reproche. Después de eso, guardé silencio. Parece que había convencido a una compañía mercante holandesa, una compañía de la costa, de que lo equipara con provisiones y mercancías, y había partido hacia el interior ligero de mente y sin más idea que un niño sobre lo que pudiera ocurrirle. Había vagado solo por el río cerca de dos años, apartado de todo y de todos. "No soy tan joven como parezco", me dijo. "Tengo veinticinco. Al principio, el viejo Van Shuyten me mandaba al diablo", continuó narrando con entusiasmo. "Pero me quedé con él, y le hablé y le hablé, y el viejo acabó por tener miedo de que fuera yo a seguir hablando hasta que se le cayeran las patas a su perro, así que me dio algunas baratijas y unos cuantos rifles y me dijo que esperaba no verme la cara nunca más. ¡Ah, el bueno de Van Shuyten, ese viejo holandés! Hace un año le envié un pequeño cargamento de marfil, para que no me llame ladronzuelo cuando vuelva a verlo. Espero que lo haya recibido. Por lo demás, no me importa. Dejé un montón de leña para ustedes. Allá, en la que era mi casa. ¿La han visto?".

»Le entregué el libro de Towson. Hizo ademán de besarme, pero se contuvo. "El único libro que me olvidé, y pensé que lo había perdido", dijo, mirándolo extasiado. "Son tantos los accidentes que le ocurren a uno cuando viaja solo, ¿sabe usted? A veces se vuelcan las canoas... a veces tiene uno que huir y dejarlo todo cuando la gente se enfada." Hojeó el libro. "¿Hizo usted notas en ruso?", le pregunté. Asintió. "Pensé que estaban escritas en lenguaje cifrado", le dije. Se rio y enseguida se puso serio. "Me costó mucho mantener esta gente a raya", dijo. "¿Querían matarlo?", pregunté. "¡Oh, no es eso!", exclamó, pero se contuvo. "¿Por qué nos atacaron?", continué. El joven dudó y luego dijo, avergonzado: "No quieren que él se vaya". "¿No?", dije con curiosidad. Asintió con una expresión llena de sabiduría y misterio. "Se lo repito", exclamó, "este hombre me ha ensanchado la mente". Abrió los brazos y me miró con sus pequeños ojos azules, perfectamente redondos.

CAPÍTULO III

Lo miré sin poder salir del asombro. Allí estaba, frente a mí, con su traje de colores, como si se hubiera escapado de una compañía de mimos, entusiasta, fabuloso. Su existencia misma era un hecho improbable, inexplicable y completamente desconcertante. Era un problema insoluble. Era inconcebible que hubiera existido, que hubiera conseguido llegar tan lejos, que se las hubiera arreglado para permanecer allí: que no hubiera desaparecido de inmediato. «Fui un poco más allá«, dijo, «luego un poco más allá... hasta que hube llegado tan lejos que no sabía cómo regresar. Pero no importa. ¡Hay tiempo! Me las arreglaré. Usted llévese a Kurtz rápidamente. ¡Rápidamente, le digo!» El seductor encanto de la juventud envolvía sus harapos multicolores, su indigencia, su soledad, la desolación esencial de sus vagabundeos inútiles. Durante meses —durante años— nadie habría dado un peso por su vida, y aquí estaba, aguerrida e inconscientemente vivo, a todas luces indestructible por virtud de sus pocos años y de su audacia irreflexiva. Me sedujo hasta producirme algo parecido a la admiración, a la envidia. El encanto lo llevaba adelante, el encanto lo mantenía indemne. Solo le pedía a la selva espacio para respirar y abrirse paso. Su necesidad era existir y moverse hacia delante con el mayor riesgo posible y un máximo de privaciones. Si alguna vez el espíritu de la aventura, absolutamente puro, desinteresado y poco práctico, gobernó a un ser humano, sin duda fue a ese joven cubierto de remiendos. Casi le envidié la pasión clara y modesta que poseía. Parecía haber consumido todo rastro de su ser de manera tan completa que, aun cuando te hablaba, te olvidabas de que era él, el hombre que estaba ante tus ojos, quien había pasado por todas esas cosas. No le envidiaba su devoción a Kurtz, sin embargo. El joven no la había meditado. Le llegó un día y la aceptó con una suerte de ansioso fatalismo. Debo decir que a mí me parecía en todo sentido lo más peligroso que se le había cruzado en el camino.

»Se habían encontrado inevitablemente, como dos barcos flotando en un mar sin viento cuyos costados acaban por juntarse. Supongo que a Kurtz le interesaba tener un público porque en cierta ocasión, mientras acampaba en la selva, habían estado hablando toda la noche, o más probablemente había hablado Kurtz. "Hablamos de todo", dijo el joven, transfigurado por el recuerdo. "Me olvidé de que existe el sueño. La noche pareció durar menos de una hora. ¡De todo! ¡De todo! También del amor, sí." "Ah, ¡le habló de amor!", le dije, divertido. "No es lo que usted piensa", exclamó apasionadamente. "Hablamos en general. Me hizo ver cosas... cosas."

»Alzó los brazos al cielo. Estábamos en ese momento en cubierta, y el jefe de mis leñadores, que andaba holgazaneando por allí, le dirigió una mirada dura y brillante. Miré a mi alrededor, y no sé por qué, pero les juro que nunca antes esta tierra, este río, esta selva, la misma bóveda de este cielo encendido, me parecieron tan desesperanzados y oscuros, tan impenetrables para el pensamiento humano, tan despiadados con las debilidades de los hombres. "Y por supuesto, desde entonces usted ha estado con él", dije.

»Por el contrario. Parece que sus relaciones se habían roto por diversas causas. Él había logrado, según me informó orgullosamente, cuidar de Kurtz durante dos enfermedades (hablaba de ello como si se hubiera tratado de una riesgosa hazaña), pero por lo general Kurtz permanecía solo, perdido en las profundidades de la selva. "A menudo llegaba yo a esta estación y me tocaba esperar días y días hasta que aparecía", dijo. "Pero valía la pena la espera... algunas veces." "¿Qué hacía él, explorar?", pregunté. Oh, sí, por supuesto: había descubierto muchos poblados, también un lago —aunque el joven no sabía en qué dirección estaba: era peligroso preguntar demasiado—, pero la mayor parte de sus expediciones habían sido en busca de marfil. "Pero en esa época no tenía mercancías con las que hacer trueques", objeté. "Queda todavía una buena cantidad de cartuchos", respondió el joven mirando hacia otro lado. "Hablando abiertamente, el hombre saqueaba la región", dije. Él asintió. "¡Pero no lo haría solo, me imagino!" El joven murmuró algo acerca de los pueblos que rodeaban el lago. "Kurtz logró que la tribu lo siguiera, ¿es eso?", sugerí. Esto lo azoró un poco. "Lo adoraban", dijo. El tono de estas palabras fue tan extraordinario que lo miré inquisitivamente. Era extraño ver esa mezcla de ansias y renuencia al hablar de Kurtz. El hombre le llenaba la vida, ocupaba sus pensamientos, dominaba sus emociones. "¡Y qué esperaba!", estalló. "Él llegó con el trueno y el rayo, sabe usted. Nunca habían visto algo semejante. Muy terrible. Podía ser muy terrible. No se puede juzgar al señor Kurtz como se juzgaría a un hombre ordinario. ¡No, no, no! Solo para que se haga una idea —esto no me importa contárselo—, un día me quiso pegar un tiro a mí también... pero no lo juzgo." "¡Pegarle un tiro!", exclamé. "¿Y por qué?" "Bien, yo tenía un pequeño lote de marfil que me había dado el jefe de la aldea vecina de mi casa. Verá usted, yo solía salir a cazar para ellos. Pues el señor Kurtz quería mi lote y no estaba dispuesto a oír razones. Dijo que me pegaría un tiro a menos que le diera mi marfil y me largara de la región. Simplemente porque podía, porque le daba la gana, y no había nada en el mundo que pudiera impedirle matar a quien quisiera. Y era cierto. Le di el marfil. ¿Qué podía importarme? Pero no me largué. No, no. No podía abandonarlo. Tuve que ir con cuidado, por supuesto, hasta que nos amistamos de nuevo. Entonces cayó enfermo por segunda vez. Después tuve que evitarlo durante un tiempo, pero no me importó. Él vivía la mayor parte del tiempo en las aldeas del lago. Cuando bajaba al río, a veces me buscaba y otras era necesario que yo me cuidara. Este hombre sufría demasiado. Odiaba todo esto y, sin embargo, no era capaz de marcharse. Cuando tuve la oportunidad de hacerlo, le dije que se fuera mientras había tiempo; me ofrecí a irme con él. Y él decía que sí, pero luego se quedaba, y luego se iba de nuevo a buscar marfil, y desaparecía durante semanas, se olvidaba de sí mismo entre aquella gente... se olvidaba de sí mismo, ¿sabe usted?" "¡Pues está loco!", dije. Protestó indignado. El señor Kurtz no podía estar loco. Si yo lo hubiera escuchado hace dos días, no me atrevería a sugerir semejante cosa... Mientras hablábamos, había levantado mis binoculares y estaba observando la costa, recorriendo con la vista la linde del bosque a ambos lados y por detrás de la casa. La conciencia de que había gente en aquella maleza, tan silenciosa, tan quieta —tan quieta y silenciosa como la ruinosa casa de la colina— me causaba desasosiego. No había en el rostro de la naturaleza señal alguna de aquel relato fantástico que, menos que contado, me había sido sugerido en exclamaciones desoladas y completado con encogimientos de hombros, frases interrumpidas, insinuaciones que terminaban en profundos suspiros. El bosque permanecía inmóvil como una máscara —pesado como la puerta cerrada de una cárcel—, y observaba el mundo con su aire de saber oculto, de paciente expectación, de inabordable silencio. El ruso me estaba explicando que había sido muy recientemente cuando Kurtz bajó al río y trajo consigo a todos los guerreros de aquella tribu del lago. Había estado ausente varios meses —haciéndose adorar, supongo— y había bajado inesperadamente, con la intención aparente de incursionar del otro lado del río o río abajo. Evidentemente el hambre de marfil había llegado a dominar sus aspiraciones... ¿cómo podría decirlo?... menos materiales. Sin embargo, de repente había empeorado mucho. "Oí decir que estaba en cama, desvalido, así que me arriesgué a venir", dijo el ruso. "Oh, está mal, está muy mal." Dirigí los binoculares a la casa. No había señales de vida, pero allí estaban el techo ruinoso, la larga pared de barro asomándose por encima de la hierba, con tres pequeñas aperturas cuadradas en forma de ventana, todas de tamaño distinto, y el conjunto, como si dijéramos, al alcance de mi mano. Y entonces hice un movimiento brusco y uno de los postes del desaparecido cercado invadió mi campo de visión. Recordarán que les conté que desde la distancia me habían impresionado ciertos intentos de ornamentación, bastante notables dado el aspecto ruinoso del lugar. Ahora de repente los veía de cerca, y el primer resultado fue echar la cabeza hacia atrás como después de un golpe. Enseguida pasé cuidadosamente de un poste al otro con los binóculos y supe cuál había sido mi error. Estos pomos redondeados no eran ornamentales sino simbólicos; eran expresivos y enigmáticos, sorprendentes y perturbadores: alimento para la reflexión, pero también para los buitres, si hubiera alguno mirándonos desde el cielo; y en cualquier caso para las hormigas, si las hubiera tan industriosas como para subir el poste. Habrían resultado aún más impresionantes, aquellas cabezas que había sobre las estacas, si las caras no estuvieran vueltas hacia la casa. Solo una, la que había visto primero, miraba hacia donde estaba yo. Esto no me horrorizó tanto como pudieran pensar ustedes. El movimiento hacia atrás no había sido realmente más que una reacción de sorpresa. Me esperaba ver un pomo de madera, ¿saben? Regresé deliberadamente al primero, y allí estaba: negro, seco, hundido, con los párpados cerrados; una cabeza que parecía dormir sobre el poste, cuyos labios encogidos y secos dejaban ver una angosta y blanca línea de dientes, y que además sonreía, sonreía continuamente ante algún sueño infinito y jocoso que estaba teniendo en su descanso eterno.

»No estoy revelando ningún secreto comercial. De hecho, el director dijo después que los métodos del señor Kurtz habían sido la ruina de la región. No tengo opinión al respecto, pero quiero que entiendan claramente que no había nada provechoso en la presencia allí de las cabezas. Tan solo demostraban que al señor Kurtz le faltaba contención a la hora de satisfacer sus varios apetitos, que había en él una carencia: algún asunto sin importancia que, cuando surgía la necesidad urgente, no se podía encontrar en su magnífica elocuencia. Si era o no consciente de esa deficiencia, no lo puedo decir. Creo que ese saber le llegó al final, solo al final. Pero la selva se había percatado antes, y había ejercido contra él una terrible venganza por aquella invasión fabulosa. Creo que le susurró cosas acerca de él mismo que él ignoraba, cosas que no había concebido siquiera hasta que pidió el consejo de esta inmensa soledad, y el susurro resultó irresistiblemente fascinante. Resonó con fuerza en su interior porque él, en el fondo, estaba hueco... Dejé los binóculos, y la cabeza que había creído tener tan cerca como para hablarle pareció alejarse súbitamente de un salto hacia la distancia inaccesible.

»El admirador de Kurtz estaba un poco cabizbajo. Con una voz apresurada y confusa, comenzó a asegurarme que no se había atrevido a quitar aquellos símbolos, por llamarlos de algún modo. No les tenía miedo a los nativos; ellos no se atreverían a mover un dedo hasta que el señor Kurtz diera la orden. Su ascendiente sobre ellos era extraordinario. Los campamentos de los nativos rodeaban el lugar, y los jefes venían todos los días a verlo. Se arrastraban y... "No quiero saber nada de las ceremonias que usan para acercarse al señor Kurtz", le grité. Fue curioso ese sentimiento de que aquellos detalles me resultarían más intolerables todavía que las cabezas secándose en las estacas bajo las ventanas del señor Kurtz. Después de todo, aquello no era más que una imagen salvaje, mientras que yo me sentía de repente transportado a una oscura región de sutiles horrores donde el salvajismo, puro y sin complicaciones, era un verdadero alivio, pues era algo que tenía derecho a su lugar en la tierra. El joven me miró con sorpresa. No se le pasó por la cabeza, supongo, que yo no idolatrara al señor Kurtz. Olvidó que yo no había escuchado ninguno de aquellos monólogos espléndidos sobre... ¿qué era?... el amor, la justicia, la manera de llevar la vida, todo lo habido o por haber. Si la cosa había llegado al extremo de que se arrastraran delante del señor Kurtz, hay que decir que él se arrastraba tanto como el salvaje más auténtico de todos. Me dijo que yo no conocía las circunstancias: aquellas cabezas eran cabezas de rebeldes. Lo ofendió muchísimo que me riera. ¡Rebeldes! ¿Qué definición me darían después? Habían sido enemigos, criminales, obreros... y estos eran rebeldes. Pues esas cabezas rebeldes se veían bastante subyugadas en los palos. "Usted no sabe cómo pone a prueba una vida como esta a un hombre como el señor Kurtz", exclamó el último discípulo de Kurtz. "¿Y a uno como usted?", dije. "¡Yo!", exclamó. "¡Yo! Yo soy un hombre sencillo. No tengo grandes ideas. No quiero nada de nadie. ¿Cómo puede compararme con...?" Sus sentimientos eran demasiado grandes para sus palabras, y de repente se desmoronó. "No lo entiendo", gimió. "He hecho lo que he podido para mantenerlo con vida, y eso es suficiente. No tuve nada que ver con esto. No tengo ningún talento. Durante meses no hemos tenido ni una gota de medicina ni un bocado de comida para enfermos. Lo abandonaron vergonzosamente. ¡A un hombre

como él, con semejantes ideas! ¡Vergonzosamente! ¡Vergonzosamente! Yo...
yo no he dormido en las últimas diez noches...".

»Su voz se perdió en la calma de la tarde. Mientras hablábamos, la larga sombra del bosque se había deslizado por la colina, más allá de la casucha en ruinas, más allá de la fila simbólica de estacas. Todo esto quedó en penumbras mientras a nosotros, abajo, todavía nos llegaba la luz del sol, y el tramo del río que se extendía frente al claro destellaba en un esplendor quieto y deslumbrante, entre dos recodos turbios y ensombrecidos. No se veía un alma en la orilla. En la maleza no se movía una hoja.

»De repente, un grupo de hombres apareció tras una esquina de la casa como si hubieran emergido de la tierra. Vadeaban en la hierba, hundidos hasta la cintura, formando un cuerpo compacto y llevando en el medio una camilla improvisada. De inmediato, en la desolación del paisaje se elevó un grito cuya estridencia atravesó el aire quieto como una flecha afilada volando directamente al corazón mismo de la tierra. Y, como por encanto, del bosque sombrío y pensativo se volcaron al claro torrentes de seres humanos —seres humanos desnudos— con lanzas en las manos, con arcos, con escudos, con mirada fiera y movimientos salvajes. La maleza se sacudió, la hierba se balanceó un instante, y enseguida todo se quedó quieto en una tensa inmovilidad.

»"Bien, si no les dice las palabras adecuadas, estamos perdidos", dijo el ruso muy cerca de mí. El nudo de hombres que llevaba la camilla se había detenido también, a medio camino entre la casa y el vapor, como petrificados. El hombre de la camilla se sentó, delgado, con un brazo en alto, y vi que se alzaba sobre los hombros de los portadores. "Esperemos que el hombre que habla tan bien del amor en general encuentre en este momento alguna razón para salvarnos", dije. Me contrariaba amargamente el absurdo peligro de nuestra situación, como si estar a merced de aquel espectro atroz hubiera sido una necesidad deshonrosa. No se oía ruido alguno, pero a través de los binóculos vi su brazo delgado extendido de forma imperiosa, la mandíbula moviéndose, los ojos de aquella aparición brillando oscuramente, hundidos en la cabeza huesuda que asentía con grotescas sacudidas. Kurtz... Kurtz... en alemán, eso significa "corto", ¿no es verdad? Pues bien, el nombre era tan preciso como todos los demás hechos de su vida... y de su muerte. Parecía medir más de dos metros como mínimo. La manta que lo cubría se había caído y su cuerpo surgía, espantoso y lastimero, como de una mortaja. Podía ver cómo se estremecía la caja de sus costillas, cómo se agitaban los huesos de su brazo. Era como si una figura mortuoria, tallada en viejo marfil, sacudiera la mano y lanzara amenazas ante una quieta multitud de hombres de bronce oscuro y reluciente. Lo vi abrir la boca ampliamente: aquello le dio un aspecto extrañamente voraz, como si hubiera querido tragarse todo el aire, toda la tierra, todos los hombres que lo rodeaban. Una voz profunda me llegó débilmente. Debía de estar gritando. De repente cayó hacia atrás. La camilla se sacudió cuando los porteadores comenzaron a andar de nuevo, tambaleándose, y casi al mismo tiempo me di cuenta de que la multitud de salvajes se desvanecía sin ningún movimiento perceptible de retirada, como si el bosque que los había expulsado repentinamente los estuviera absorbiendo de nuevo, igual que se absorbe el aliento con una prolongada inspiración.

»Algunos de los peregrinos, detrás de la camilla, llevaban sus armas: dos escopetas, un rifle pesado y una carabina ligera de repetición, los rayos de aquel Júpiter lastimero. El director se inclinó, murmurando, cuando el enfermo pasó a la altura de su cabeza. Lo dejaron en una de las dos cabinas pequeñas; solo había espacio para un lecho y un par de taburetes, ya saben. Habíamos traído su correspondencia atrasada, y varios sobres rotos y cartas abiertas cubrían su cama. Su mano vagó débil entre los papeles. Me impresionaron el fuego de sus ojos y la serena languidez de su expresión. Aquello no era tanto el agotamiento de la enfermedad. No parecía tener dolor. Esta sombra se veía saciada y en calma, como si por el momento hubiera tenido emociones suficientes.

»Hizo crujir una de las cartas y, mirándome a la cara, dijo: "Me alegra". Alguien le había escrito acerca de mí. Volvían a surgir estas recomendaciones especiales. El volumen con que habló sin esfuerzo, casi sin necesidad de mover los labios, me sorprendió. ¡Qué voz! ¡Qué voz! Grave, profunda, vibrante, mientras que el hombre no parecía capaz ni de un suspiro. Le quedaba, sin embargo, fuerza suficiente —ficticia, sin duda— para estar a punto de acabar con nosotros, como oirán ustedes ahora.

»El director apareció silenciosamente en el umbral; yo salí de inmediato y él cerró la cortina tras de mí. El ruso, que los peregrinos observaban con curiosidad, tenía la mirada fija en la orilla. Seguí la dirección de su mirada.

»En la distancia podían distinguirse oscuras formas humanas que revoloteaban confundidas con la linde penumbrosa del bosque, y cerca del río, bajo la luz del sol, dos figuras de bronce se apoyaban en sus altas lanzas con fantásticos tocados de pieles moteadas, en bélico y estatuario reposo. Y de izquierda a derecha sobre la orilla soleada se movía una mujer hermosa y salvaje como una aparición.

»Caminaba con pasos medidos, envuelta en telas rayadas y ribeteadas, dejando orgullosamente su huella en la tierra con un leve tintineo y un resplandor de ornamentos bárbaros. Llevaba la cabeza en alto, el pelo peinado en forma de casco, polainas de latón hasta la rodilla, guanteletes de latón hasta el codo, un punto carmesí en la mejilla parda, innumerables collares de cuentas de cristal colgando del cuello, cosas extrañas, amuletos, regalos de brujos que le colgaban por todas partes, brillando y temblando a cada paso. Debía de llevar encima el valor de varios colmillos de elefante. Era salvaje y maravillosa, de ojos feroces, espléndida; había algo ominoso e imponente en su andar deliberado. Y en el silencio que cayó de repente sobre la tierra afligida, la inmensa selva, ese cuerpo colosal de la vida fecunda y misteriosa parecía mirarla, pensativa, como si observara la imagen viva de su propia alma apasionada y tenebrosa.

»Llegó a la altura del vapor y se quedó inmóvil frente a nosotros. Su larga sombra se extendía hasta el borde del agua. Su rostro tenía un aspecto trágico y feroz de tristeza salvaje y dolor callado, todo mezclado con el miedo de alguna decisión conflictiva con la que luchaba. Se quedó mirándonos sin un solo movimiento y, como la selva misma, con aire de estar meditando acerca de un propósito inescrutable. Pasó un minuto entero y entonces dio un paso adelante. Se oyó un tintineo leve, soltó un destello el metal dorado, se balancearon las telas ribeteadas, y entonces la mujer se detuvo como si el corazón le hubiera fallado. El joven que estaba a mi lado gruñó. Detrás de mí, los peregrinos murmuraban. La mujer nos miró como si su vida dependiera de la firmeza sin vacilaciones de su mirada. De repente abrió los brazos desnudos y los levantó, rígidos, sobre la cabeza, como poseída por el deseo incontrolable de tocar el cielo, y al mismo tiempo las sombras veloces irrumpieron en la tierra, recorrieron el río y envolvieron el vapor en un sombrío abrazo. Un silencio imponente dominaba la escena.

»Se dio la vuelta lentamente, caminó bordeando la orilla y se dirigió a los arbustos de la izquierda. Solo una vez nos miraron sus ojos, relucientes en la penumbra de la espesura, antes de desaparecer.

»"Si se hubiera ofrecido a subir a bordo, creo de verdad que le hubiera disparado", dijo nerviosamente el hombre de los remiendos. "Durante las últimas dos semanas no he hecho más que arriesgar mi vida para mantenerla fuera de casa. Llegó un día y montó un escándalo sobre esos trapos miserables que me llevé del depósito para remendar mi ropa. ¡Es que no estaba presentable! Al menos eso debía de ser, porque estuvo una hora hablándole a Kurtz, hecha una furia, señalándome de vez en cuando. Yo no entiendo el dialecto de esta tribu. Por suerte para mí, supongo que ese día Kurtz estaba demasiado enfermo para interesarse, pues de otra manera me habría visto en problemas. No lo entiendo... No, es demasiado para mí. En cualquier caso, ya todo ha terminado".

»En ese momento escuché la voz profunda de Kurtz desde el otro lado de la cortina: "Salvarme... Que salve el marfil, querrá decir. ¡No me lo diga! ¡Salvarme! Pues he tenido que salvarlo. Y ahora interrumpe usted mis planes. Enfermo. Enfermo. No tan enfermo como usted quisiera creer. No importa. Todavía puedo llevar a cabo mis ideas: regresaré. Le mostraré lo que se puede hacer. Usted, con sus pequeñas ideas de vendedor ambulante... usted interfiere en mis planes. Regresaré. Yo...".

»El director salió. Me hizo el honor de tomarme del brazo y me llevó fuera. "Está muy mal, muy mal", dijo. Creyó necesario soltar un suspiro, pero no se cuidó de mostrar una tristeza constante. "Hemos hecho por él todo lo que hemos podido, ¿no es cierto? Pero no es posible negarlo, el señor Kurtz ha causado más daños que beneficios a la compañía. No se dio cuenta de que el tiempo no era propicio para acciones vigorosas. Con cautela. Con cautela. Esos son mis principios. Todavía debemos ir con cautela. Esta provincia queda cerrada para nosotros por un tiempo. Deplorable. En conjunto,

el comercio sufrirá. No niego que hay una cantidad notable de marfil, fósil en su mayor parte. Hay que salvarlo a toda costa, pero mire cuán precaria es nuestra posición. ¿Y por qué? Porque los métodos son inadecuados.” “¿Llama usted a esto un método inadecuado?”, dije mirando a la orilla. “Sin duda”, exclamó acaloradamente. “¿Usted no?” “No es ningún método”, murmuré después de un momento. “¡Exacto!”, dijo exultante, “yo lo había previsto. Todo esto demuestra falta absoluta de juicio. Es mi deber señalarlo en los lugares convenientes”. “Oh”, dije, “pues ese tipo... cómo se llama... el fabricante de ladrillos... Él le hará un reporte legible”. Durante un instante pareció perplejo. Me pareció que nunca había respirado una atmósfera tan vil, y mentalmente regresé a Kurtz en busca de alivio, sí: realmente en busca de alivio. “En todo caso, el señor Kurtz me parece un hombre notable”, enfaticé. Se sobresaltó, me dejó caer una fría mirada y dijo en voz muy baja: “Lo era”. Y me dio la espalda. Mi momento de privilegio había pasado. Me encontré metido junto a Kurtz en el grupo de los partidarios de métodos para los que el momento no estaba maduro. Ah, pero no era poca cosa tener por lo menos la posibilidad de escoger nuestras pesadillas.

»La verdad es que yo había optado por la selva, no por el señor Kurtz, pues ya era como si él —no me costaba admitirlo— estuviera muerto y enterrado. Y por un instante me pareció que también yo estaba enterrado en una vasta tumba llena de secretos inconfesables. Sentí que un peso intolerable me oprimía el pecho, el olor de la tierra húmeda, la presencia invisible de la podredumbre victoriosa, la oscuridad de una noche impenetrable... El ruso me dio un golpecito en el hombro. Lo oí decir algo entre murmullos y tartamudeos acerca de “un hermano marino... no podría ocultar... el conocimiento de asuntos que afectarían a la reputación del señor Kurtz”. Esperé. Para él, evidentemente, el señor Kurtz no estaba en la tumba; sospecho que el señor Kurtz era para él uno de los inmortales. “Bueno”, dije por fin, “hable claro. Mire usted, yo soy en cierto sentido amigo del señor Kurtz.”

»Declaró con bastante solemnidad que, si no nos hubiera unido “la misma profesión”, se habría guardado todo este asunto sin pensar en las consecuencias. Sospechaba que “había cierta mala voluntad hacia él de parte de estos blancos que...”. “Tiene razón”, le dije, recordando una conversación que había oído por casualidad. "El director opina que a usted lo deberían colgar." Esta confidencia lo inquietó de una forma que en un principio me resultó divertida. "Más vale que me vaya discretamente de aquí", dijo con seriedad. "Ya no puedo hacer nada más por Kurtz, y ellos no tardarán en encontrar una excusa. ¿Qué se lo impide? Hay un puesto militar a trescientas millas de aquí." "Bueno, a mi juicio lo mejor que puede usted hacer es marcharse si tiene algún amigo entre los salvajes de los alrededores." "Muchos", dijo él. "Son gente simple; y yo no pido nada, usted lo sabe." Se quedó callado mordiéndose el labio y enseguida dijo: "No quiero que nada malo les pase a estos blancos de aquí, pero lo que me importaba era la reputación del señor Kurtz... y usted es un hermano marino, y...". "Está bien", dije tras un instante. "La reputación del señor Kurtz está a salvo conmigo." Pero no supe cuán cierto era lo que dije.

»Me informó, bajando la voz, de que había sido Kurtz quien ordenó el ataque al vapor. "A veces detestaba la idea de que se lo llevaran... aunque... Pero yo de estos asuntos no entiendo. Soy un hombre sencillo. Él pensó que ustedes se asustarían: que lo creerían muerto y se darían por vencidos. No pude detenerlo. Este último mes ha sido terrible para mí." "Muy bien", dije, "él está bien ahora." "Sí", murmuró sin demasiada convicción. "Gracias", le dije, "mantendré los ojos abiertos". "Pero silencio, ¿eh?", me urgió ansiosamente. "Para su reputación sería terrible que alguien aquí..." Con gran seriedad le prometí discreción completa. "Tengo una canoa con tres tipos negros esperándome no lejos de aquí", siguió. "Me voy. ¿Podría darme unos cuantos cartuchos para el Martini-Henry?" Sí que podía, y lo hice con la precaución necesaria. Guiñándome un ojo, tomó un puñado de mi tabaco. "Entre marinos, ya sabe usted... el buen tabaco inglés." En la puerta de la cabina se dio la vuelta. "¿Y no tendría un par de zapatos que le sobre?", dijo, y levantó una pierna. "Mire." Las suelas estaban atadas con cuerdas anudadas a manera de sandalias bajo los pies desnudos. Desenterré un par de zapatos viejos que el hombre miró con admiración antes de ponérselos bajo el brazo izquierdo. Uno de sus bolsillos (de color rojo intenso) estaba rebosante de cartuchos, en el otro (azul oscuro) se asomaba la Investigación de Towson, etc., etc. El hombre parecía seguro de estar excelentemente equipado para un nuevo encuentro con la selva. "¡Ah! Nunca, nunca volveré a conocer a un hombre semejante. Debería usted haberlo oído recitar poesía... la suya propia, según me dijo. ¡Poesía!" Puso los ojos en blanco al recordar estas delicias. "¡Me ensanchó la mente!" "Adiós", dije yo. Me estrechó la mano y se perdió en la noche. A veces me pregunto si realmente lo vi: si es posible conocer a un fenómeno semejante...

»Cuando me desperté, pasada la medianoche, me vino a la mente su advertencia con aquella insinuación de peligro que, en la oscuridad estrellada, parecía lo bastante real como para que me levantara con el propósito de echar un vistazo alrededor. En la colina ardía un fuego grande que iluminaba de manera irregular una esquina torcida de la estación. Uno de los agentes, con un piquete de nuestros negros armados para ese propósito, montaba guardia junto al marfil, pero en lo profundo del bosque oscilaban unos resplandores rojos que parecían hundirse y resurgir de la tierra entre confusas columnas de un negro intenso, mostrando la posición exacta del campamento donde los adoradores del señor Kurtz mantenían su intranquila vigilia. El monótono redoble de un gran tambor llenaba el aire con golpes sordos y una vibración persistente. El rumor continuo de muchos hombres que cantaban, cada uno para sí mismo, un extraño conjuro salía del muro negro y plano del bosque como el zumbido de las abejas sale del panal, y tenía un extraño efecto narcótico sobre mis sentidos apenas despiertos. Creo que me adormecí recostado a la baranda hasta que una abrupta algarabía, el estallido irresistible de un frenesí reprimido y misterioso, me despertó dejándome maravillado y perplejo. Pero de inmediato cesó y continuó el zumbido con un efecto de silencio audible y tranquilizador. En el interior había una lámpara encendida, pero el señor Kurtz no estaba allí.

»Creo que habría armado un escándalo si hubiera dado crédito a mis ojos. Pero al principio no lo hice: aquello parecía imposible. El hecho es que me sentía turbado, víctima de un miedo rotundo, un terror puro y abstracto, ajeno a cualquier forma identificable de peligro físico. Lo que hacía que esta emoción fuera tan abrumadora se debía —¿cómo puedo definirlo?— al golpe moral que recibí, como si algo monstruoso, intolerable para el pensamiento y odioso para el alma, me hubiera cubierto inesperadamente. Esto duró por supuesto una mera fracción de segundo, y enseguida la sensación común y corriente de peligro mortal, la posibilidad de un ataque repentino seguido de una masacre o algo por el estilo, me parecían realmente amables y tranquilizadores. Me calmaron tanto, de hecho, que no di la voz de alarma.

»Había un agente bien envuelto en un sobretodo de cinturón y botones que dormía en una silla sobre cubierta a un metro de donde yo estaba. Los gritos no lo habían despertado; roncaba ligeramente. Lo abandoné a sus sueños y salté a tierra. No traicioné al señor Kurtz: se me había dado la orden de no hacerlo nunca; estaba escrito que yo permanecería fiel a la pesadilla de mi elección. Me sentía ansioso de lidiar con esta sombra por mi cuenta, y hasta el día de hoy no sé por qué me negué a compartir con otra persona la peculiar negrura de aquella experiencia.

»Tan pronto llegué a la orilla vi un rastro: un sendero ancho abierto en la hierba. Recuerdo la exultación con que me dije: "No puede caminar... está arrastrándose a cuatro patas... lo tengo". La hierba estaba cubierta de rocío. Caminé a pasos largos con los puños cerrados. Me imagino que tenía la vaga idea de caerle encima y darle una paliza. No lo sé. Qué pensamientos imbéciles tenía. La vieja que cosía con su gato se entrometía en mi memoria como la persona más inapropiada para presenciar un asunto como este. Vi una hilera de peregrinos que disparaban chorros de plomo al aire con sus wínchesters bien apoyados en la cadera. Pensé que nunca regresaría al vapor y me imaginé viviendo solo y desarmado en la selva hasta una edad avanzada. Tonterías así, ¿saben? Y recuerdo haber confundido el redoble del tambor con el palpitar de mi corazón y haberme sentido satisfecho de su calmada regularidad.

»Me mantuve, sin embargo, en el sendero, y luego me detuve a escuchar. La noche era muy clara: un espacio azul oscuro, brillante de rocío y luz de estrellas, en el cual las cosas negras permanecían en perfecta quietud. Me pareció ver una especie de movimiento adelante. Me sentía extrañamente confiado esa noche. Llegué incluso a dejar el sendero y caminar en un amplio semicírculo (creo de verdad que me reía para mí mismo) para ponerme en frente de aquella agitación, de aquel movimiento que había visto... si es que realmente había visto algo. Estaba rodeando a Kurtz como si se tratara de un juego de niños.

»Llegué adonde él estaba, y le habría caído encima si no me hubiera oído acercarme. Pero se puso de pie a tiempo. Se levantó, inestable, largo, pálido, vago como el vapor que exhala la tierra; se balanceaba ligeramente, nebuloso y callado ante mí, mientras a mis espaldas los fuegos surgían entre los árboles y el murmullo de muchas voces salía de la espesura. Le había cortado el camino astutamente, pero al enfrentarme realmente con él pareció como si recuperara la conciencia; vi el peligro en su justa proporción: de ningún modo había pasado. Imaginen que hubiera comenzado a gritar. Aunque apenas podía tenerse en pie, le quedaba mucho vigor en la voz. "Váyase... escóndase", dijo en ese tono profundo. Era horrible. Miré hacia atrás. Estábamos a unos treinta metros del fuego más cercano. Una figura negra se puso de pie, dando zancadas con sus largas piernas negras, agitando sus largos brazos negros ante el resplandor. Tenía cuernos —cuernos de antílope, creo— en la cabeza. Un hechicero, sin duda, un brujo; se veía suficientemente demoniaco. "¿Sabe usted lo que está haciendo?", le susurré. "Perfectamente", respondió, levantando la voz para pronunciar esa solitaria palabra; para mí sonó como si viniera de lejos, y al mismo tiempo sonó fuerte, como una llamada a través de un megáfono. Si monta un escándalo estamos perdidos, pensé para mí mismo. Aquel claramente no era momento para puñetazos, aparte de la natural aversión que me provocaba el hecho de golpear a aquella sombra, aquella criatura errante y atormentada. "Se perderá", le dije, "se perderá para siempre." A veces recibe uno estos momentos de inspiración, sabe usted. Decir eso era lo correcto, aunque lo cierto es que el hombre no hubiera podido estar más irremediablemente perdido que en ese instante, cuando se estaban poniendo los cimientos de nuestra amistad... para durar, para durar hasta el final... e incluso más allá.

»"Yo tenía planes inmensos", murmuró indeciso. "Sí", le dije, "pero si trata de gritar le romperé la cabeza con...". No había ni una piedra ni un palo cerca. "Lo estrangularé", me corregí. "Estaba en el umbral de grandes cosas", suplicó con una voz de tono tan melancólico que me heló la sangre.

"Y ahora, por culpa de un estúpido canalla..." "En cualquier caso, su éxito en Europa está asegurado", dije con convicción. No quería tener que estrangularlo, usted entiende; y en realidad eso hubiera sido de muy poca utilidad práctica. Traté de romper el hechizo, el mudo y pesado hechizo de la selva que parecía atraerlo hacia su seno despiadado mediante el despertar de instintos brutales y olvidados, mediante la memoria de pasiones satisfechas y monstruosas. Estaba convencido de que esto había bastado para empujarlo a la linde del bosque, a la espesura, hacia el resplandor de los fuegos, el palpitar de los tambores, el zumbido de extraños conjuros; esto había bastado para seducir a su alma ilícita y llevarla más allá de los límites de las aspiraciones permitidas. Verán ustedes, el terror de esa posición no era que pudiera recibir un golpe en la cabeza —aunque tenía una sensación muy viva de ese peligro también—, sino que me enfrentaba a un ser ante el cual no podía apelar a ningún poder, bajo o elevado. Tenía incluso que invocarlo, como los negros: invocar su exaltada e increíble degradación. No había nada por encima ni por debajo de él, y yo lo sabía. Se había liberado a patadas de la tierra. ¡Maldito sea! Había destrozado la tierra a patadas. Estaba solo, y ante él yo no sabía si tenía los pies sobre la tierra o flotaba en el aire. Les he estado hablando de lo que dijimos —he repetido las frases que pronunciamos—, pero ¿de qué sirve? Eran palabras comunes y cotidianas: los sonidos vagos y familiares que se intercambian todos los días de la vida. ¿Y de eso qué? Para mí tenían detrás el terrible poder de sugestión que tienen las palabras escuchadas en sueños, las frases que se oyen en las pesadillas. ¡Un alma! Si jamás alguien tuvo que luchar con un alma, ese soy yo. Y no es que estuviera discutiendo con un lunático. Lo crean o no, su inteligencia era perfectamente clara, concentrada con horrible intensidad sobre sí misma, es verdad, y sin embargo clara, y en ello estribaba mi única oportunidad... salvando, por supuesto, la posibilidad de matarlo allí mismo, lo cual no era tan buena idea debido al inevitable ruido. Pero su alma había enloquecido. Sola en la selva, había mirado dentro de sí misma y, ¡por los cielos!, había enloquecido. Y yo debía —por mis propios pecados, supongo— pasar la prueba de mirar dentro de ella también. Ninguna elocuencia hubiera podido marchitar tanto la fe que uno tiene en la raza humana como su último estallido de sinceridad. También él luchaba consigo mismo. Yo lo vi; yo lo oí. Vi el inconcebible misterio de un alma que no conocía la contención, ni la fe, ni el miedo, y, sin embargo, luchaba ciegamente consigo misma. Mantuve la cordura bastante bien, pero cuando por fin lo hube dejado tendido en su camastro, me enjugué el sudor de la frente mientras las piernas me temblaban, como si hubiera cargado una tonelada de peso bajando aquella colina. Y, sin embargo, tan solo le serví de apoyo, con su brazo huesudo aferrado a mi cuello, y no pesaba más que un niño.

»Cuando partimos al mediodía siguiente, la multitud, de cuya presencia detrás de la cortina de árboles yo había sido consciente todo el tiempo, volvió a salir de la selva, llenó el claro, cubrió la pendiente con una masa de cuerpos desnudos, broncíneos, jadeantes, temblorosos. Aceleré un poco y giré corriente abajo, y dos mil ojos siguieron la evolución de aquel feroz demonio de río que salpicaba, chapoteaba, azotaba el agua con su cola terrible mientras exhalaba humo negro. Frente a la primera fila que se había formado a lo largo de la orilla, tres hombres embadurnados de rojo brillante de la cabeza a los pies se pavoneaban incansablemente. Cuando llegamos de nuevo a su altura, se pusieron de frente al río y comenzaron a dar patadas en el suelo, asintiendo con las cabezas cornudas y balanceando los cuerpos escarlatas; agitaban en dirección al feroz demonio del río un manojo de plumas negras y una piel sarnosa con una cola colgante, parecida a una calabaza seca; juntos gritaban de manera periódica sartas de palabras que no se parecían a ningún sonido humano; y los profundos murmullos de la multitud, interrumpidos de repente, eran como la respuesta de una letanía satánica.

»Habíamos llevado a Kurtz a la cabina del timonel. Había más aire allí. Tumbado en su camastro, miraba a través de los postigos abiertos. Hubo un torbellino en la masa de cuerpos humanos, y la mujer del pelo en forma de casco y las mejillas pardas llegó corriendo al borde mismo de la corriente. Alargó las manos y gritó algo, y la multitud salvaje se unió al grito en un coro de sonidos articulados, rápidos y entrecortados.

»"¿Entiende usted eso?", pregunté.

»Siguió mirando hacia fuera con ojos fieros y melancólicos, con una expresión donde se mezclaban la añoranza y el odio. No pronunció respuesta, pero vi cómo una sonrisa, una sonrisa de significado indefinible, aparecía en sus labios descoloridos que un instante después temblaban de forma convulsa. "¿Que si lo entiendo?", dijo lentamente, ahogándose, como si las palabras le hubieran sido arrancadas por un poder sobrenatural.

»Tiré del cordón de la sirena, y lo hice porque vi que los peregrinos en cubierta sacaban los rifles con aspecto de prepararse para un buen jaleo. Ante el súbito chirrido, un movimiento de abyecto terror atravesó aquella apiñada masa de cuerpos. "¡No! ¡No los espante!", gritó desconsoladamente alguien desde cubierta. Yo tiré del cordón una y otra vez. Se separaban, corrían, saltaban, se acurrucaban, cambiaban de dirección bruscamente, se agachaban para evitar el terror volante de aquel ruido. Los tres tipos rojos se habían echado de bruces sobre la orilla como si los hubieran matado de un tiro. Solo la mujer bárbara y espléndida permaneció sin estremecerse, alargando trágicamente los brazos desnudos hacia nosotros, sobre el río sombrío y relumbrante.

»Y entonces la tripulación de imbéciles de la cubierta comenzó su pequeña diversión y ya el humo no me dejó ver nada más.

»La turbia corriente fluía veloz desde el corazón de las tinieblas, llevándonos hacia el mar a una velocidad que doblaba la que habíamos conseguido en el trayecto río arriba. Y la vida de Kurtz también corría veloz, fluyendo, fluyendo desde su corazón hacia el mar del tiempo inexorable. El director estaba muy tranquilo, ya no tenía ninguna inquietud vital, y nos abarcaba a los dos con una mirada comprensiva y satisfecha: el "asunto" había salido tan bien como cabía desear. Me di cuenta de que se aproximaba el momento en que me quedaría solo como representante del partido del "método inadecuado". Los peregrinos me miraban con desaprobación. Yo estaba, por así decirlo, en la lista de los muertos. Resulta extraño cómo acepté esa sociedad imprevista, estas pesadillas escogidas a la fuerza en la tierra tenebrosa invadida por aquellos fantasmas mezquinos y codiciosos.

»Kurtz disertaba. ¡Qué voz! ¡Qué voz! Su profundidad resonó hasta el final. Sobrevivió a la fuerza con que el hombre quiso esconder, en los magníficos pliegues de su elocuencia, la estéril oscuridad de su corazón. Ah, cómo luchaba, cómo luchaba. Los restos de su cerebro fatigado se veían acosados ahora por imágenes sombrías: imágenes de riqueza y de fama que giraban obsequiosamente alrededor de su inextinguible talento para la expresión noble y exaltada. Mi prometida, mi estación, mi carrera, mis ideas: estos eran los temas de sus ocasionales expresiones de sentimientos elevados. La sombra del Kurtz original frecuentaba la cabecera de aquella hueca parodia de hombre, cuyo destino era ser enterrado dentro de poco en la tierra primigenia. Pero tanto el amor diabólico como el odio sobrenatural que le producían los misterios que había penetrado se disputaban la posesión de esa alma saciada de emociones primitivas, ávida de fama mentirosa, de distinciones falsas, de todas las apariencias del éxito y el poder.

»A veces se comportaba de manera lamentablemente pueril. Quería que los reyes lo recibieran en las estaciones de tren a su regreso de Ninguna Parte, cualquier lugar horrendo en el cual él había pensado llevar a cabo grandes cosas. "Muéstrales que tienes algo realmente rentable y el reconocimiento de tus habilidades no tendrá límites", solía decir. "Por supuesto, siempre hay que cuidar los motivos: los motivos correctos." Los largos tramos del río que eran como un único tramo, los monótonos recodos que eran todos idénticos, se deslizaban junto al vapor con su multitud de árboles centenarios que observaban, pacientes, este mugriento pedazo de otro mundo, el pionero del cambio, la conquista, el comercio, las masacres, las bendiciones. Yo mantenía la mirada al frente llevando el timón. "Cierre el postigo", dijo Kurtz repentinamente un día. "No soporto ver todo esto." Lo hice. Hubo un silencio. "¡Un día te arrancaré el corazón!", gritó hacia la selva invisible.

»Sufrimos una avería, como yo había previsto, y tuvimos que detenernos en la punta de una isla para hacer reparaciones. Este retraso fue lo primero que melló la confianza de Kurtz. Una mañana me dio un paquete de papeles y una fotografía, todo atado con un cordón de zapato. "Guárdeme esto", me dijo. "Este idiota pernicioso es capaz de meter la nariz en mis cajas cuando yo no esté mirando." Por la tarde fui a verlo. Estaba recostado con los ojos cerrados, y me retiré sin hacer ruido, pero lo oí murmurar:

"Vivir rectamente, morir, morir...". Me quedé escuchando. No hubo nada más. Estaba ensayando algún discurso en sueños, o tal vez se trataba de un fragmento de frase encontrado en un artículo de periódico. Había escrito para los periódicos y tenía la intención de volver a hacerlo, "para el fomento de mis ideas. Es un deber".

»La suya era una oscuridad impenetrable. Yo lo miraba como se mira a un hombre que yace en el fondo de un precipicio donde no brilla nunca la luz del sol. Pero no pude dedicarle mucho tiempo, pues tenía que ayudar al maquinista a desmontar los cilindros agujereados, enderezar una biela torcida y otras cosas por el estilo. Vivía en un infernal desorden de óxido, limaduras, tuercas, tornillos, llaves, martillos, taladros de trinquete, cosas que abomino porque jamás me he entendido bien con ellas. Me ocupaba de la pequeña fragua que por fortuna teníamos a bordo; trabajaba sin descanso en medio de un maldito montón de chatarra... a menos que me diera una tembladera tan grave que no pudiera tenerme en pie.

»Una noche, al entrar en la cabina con una vela, me sobresalté al oírle decir trémulamente: "Estoy aquí, tumbado en la oscuridad, esperando la muerte". La luz estaba a dos palmos de sus ojos. "Oh, ¡nada de eso!", me obligué a murmurar, y me quedé junto a él, paralizado.

»No he visto nunca nada parecido al cambio que sobrevino en sus rasgos, y espero no volver a verlo jamás. No es que me conmoviera: es que me fascinó. Fue como si se hubiera rasgado un velo. Percibí en aquel rostro de marfil una expresión de orgullo sombrío, de poder implacable, de cobarde terror: de una desesperación intensa e irremediable. ¿Habrá vuelto a vivir toda su vida, cada detalle de deseo, tentación y entrega, durante ese supremo instante de conocimiento absoluto? Gritó en un susurro ante alguna imagen, alguna visión: gritó dos veces, un grito que no era más que un suspiro: "¡El horror! ¡El horror!".

»Apagué la vela y salí de la cabina. Los peregrinos cenaban en el comedor y yo ocupé mi puesto frente al director, que levantó los ojos para lanzarme una mirada interrogante que yo ignoré con éxito. Él se recostó, sereno, con esa peculiar sonrisa suya que encerraba los abismos inexpresados de su mezquindad. Una lluvia continua de pequeñas moscas caía sobre la lámpara, sobre la tela, sobre nuestras caras y nuestras manos. De repente el muchacho del director asomó su insolente cabeza negra por la puerta y dijo en un tono de desprecio mordaz: "*Señó* Kurtz. Él muerto".

»Todos los peregrinos corrieron a verlo. Yo me quedé y continué cenando. Creo que les parecí brutalmente insensible. No comí mucho, sin embargo. Había allí una lámpara... había luz, ¿lo entienden?... y afuera estaba tan oscuro, tan terriblemente oscuro. No volví a acercarme a aquel hombre extraordinario que había pronunciado su juicio sobre las aventuras de su alma en la tierra. La voz se había ido. ¿Qué otra cosa había existido allí? Por supuesto, tengo conciencia de que al día siguiente los peregrinos enterraron algo en un hoyo fangoso.

»Y luego poco les faltó para enterrarme a mí.

»Sin embargo, tal como pueden ver, no me uní a Kurtz en ese momento y lugar. No, no lo hice. Me quedé para terminar de soñar mi pesadilla y para demostrar una vez más mi lealtad hacia Kurtz. El destino. ¡Mi destino! Qué cómica es la vida, ese misterioso arreglo de lógica implacable para un propósito fútil. Lo máximo que se puede esperar de ella es cierto conocimiento de uno mismo, que llega demasiado tarde, y una cosecha de remordimientos inextinguibles. Yo he luchado con la muerte. Es la pelea menos emocionante que puedan imaginar. Tiene lugar en una grisura impalpable, sin nada bajo los pies, sin nada alrededor, sin espectadores, sin clamor, sin gloria, sin el gran deseo de la victoria, sin el gran miedo a la derrota, en una atmósfera enfermiza de tibio escepticismo, sin mucha fe en los propios derechos y mucho menos en los del adversario. Si tal es la forma de la sabiduría definitiva, la vida es un enigma mayor de lo que muchos pensamos. Yo llegué a estar a un pelo de la última oportunidad de pronunciarme, y descubrí con humillación que tal vez no hubiera tenido nada que decir. Por eso afirmo que Kurtz era un hombre extraordinario. Tenía algo que decir. Y lo dijo. Puesto que también yo me había asomado al borde, entiendo mejor el significado de aquella mirada suya que no pudo ver la llama de la vela, pero fue lo bastante amplia para abarcar el universo entero, lo bastante aguda como para penetrar en todos los corazones que palpitan en las tinieblas. Había recapitulado; había juzgado. "¡El horror!" Fue un hombre notable.

Después de todo, aquella fue la expresión de algún tipo de creencia; había en ella franqueza, convicción, una nota vibrante de rebeldía en el susurro, y el rostro atroz de una verdad vislumbrada: la extraña mezcla de deseo y de odio. Y no es mi propia agonía lo que mejor recuerdo: una imagen de grisura informe colmada de dolor físico y un indiferente desprecio por la fugacidad de las cosas, incluido este dolor. No. Es su agonía la que me parece haber atravesado. Es cierto que él había dado el último paso, él había ido más allá del borde, mientras que a mí me había sido permitido volver sobre mis dubitativos pasos. Y tal vez en ello radique la diferencia; tal vez toda la sabiduría, y toda la verdad, y toda la sinceridad, estén contenidas en ese lapso inapreciable en el cual pasamos por el umbral de lo invisible. Tal vez. Me gusta pensar que mi recapitulación no hubiera sido una palabra de indiferente desprecio. Mejor su grito: mucho mejor. Era una afirmación, una victoria moral conseguida al precio de innumerables derrotas, de terrores abominables, de abominables satisfacciones. Pero fue una victoria. Por eso me he mantenido leal a Kurtz hasta el final, y aún más allá, cuando mucho tiempo después oí de nuevo, no su voz, sino el eco de su magnífica elocuencia, que me llegaba desde un alma tan translúcidamente pura como un acantilado de cristal.

»No, no me enterraron, aunque hay un periodo de tiempo que recuerdo de forma nebulosa, con una sensación de asombro estremecido, como el paso por un mundo inconcebible en el que no hay ni esperanza ni deseo. Me encontré de vuelta en la ciudad sepulcral, ofendido por la visión de la gente que corría por las calles tratando de sacarles algo de dinero a los demás, devorando su cocina infame, tragando su insalubre cerveza, soñando sus sueños insignificantes y estúpidos. Esa gente me invadía el pensamiento. Eran intrusos cuyo conocimiento de la vida me parecía de una pretensión irritante, pues no había ninguna posibilidad, de eso estaba seguro, de que supieran las cosas que yo sabía. Su comportamiento, que era simplemente el comportamiento de individuos comunes y corrientes que se dedican a sus asuntos con la certeza de vivir en perfecta seguridad, me resultaba tan ofensivo como las vergonzosas demostraciones que lleva a cabo la insensatez frente a un peligro que es incapaz de comprender. No tenía particular interés en explicarles esto, pero me resultó difícil contenerme y no reírme en sus caras tan llenas de estúpida importancia. Me atrevo a decir que no me encontraba muy bien en esa época. Iba dando tumbos por las calles —tenía varios asuntos que arreglar—, haciendo muecas amargas ante personas perfectamente respetables. Admito que mi comportamiento era inexcusable, pero hay que decir que mi temperatura era rara vez normal en esos días. Los esfuerzos de mi querida tía por "cuidar de mis fuerzas" parecían no dar en el blanco. No eran mis fuerzas las que necesitaban cuidados, sino mi imaginación la que requería tranquilizarse. Conservaba el paquete de papeles que Kurtz me había dado sin saber exactamente qué hacer con él. Su madre había muerto hacía poco, bajo los cuidados, según me dijeron, de su prometida. Un hombre bien afeitado de aspecto oficial y lentes de marco de oro me visitó un día y estuvo haciendo averiguaciones, al principio con rodeos, luego untuosas y apremiantes, acerca de lo que a él le gustaba llamar "ciertos documentos". No me sorprendió porque ya había tenido dos enfrentamientos con el director sobre el mismo asunto cuando estábamos allá fuera. Me había negado a renunciar al más mínimo trozo de papel del paquete, y frente al hombre de los lentes de oro adopté la misma actitud. Acabó por lanzar veladas amenazas y me dijo muy acalorado que la compañía tenía derecho a cada fragmento de información acerca de sus "territorios". Y además, dijo, "el conocimiento que tuvo el señor Kurtz de regiones inexploradas debió de ser necesariamente amplio y peculiar, por razón de sus grandes habilidades y de las deplorables circunstancias en que se encontró; por lo tanto...". Le aseguré que el conocimiento del señor Kurtz, amplio como fue, no tenía relación alguna con problemas comerciales o administrativos. Invocó entonces el nombre de la ciencia. "Sería una pérdida incalculable que", etc., etc. Le ofrecí el informe sobre la "Supresión de costumbres salvajes", con la posdata arrancada. Lo tomó con impaciencia pero acabó por mirarlo desdeñosamente. "Esto no es lo que teníamos derecho a esperar", comentó. "No espere nada más", le dije. "Aquí solo hay cartas privadas". Se retiró tras vagas amenazas de procesos judiciales y no lo volví a ver, pero dos días después apareció otro tipo que se hacía llamar primo de Kurtz y estaba ansioso por saber cada detalle sobre los últimos momentos de su querido pariente. Casualmente me dio a entender que Kurtz había sido, en esencia, un gran músico. "Tenía lo necesario para lograr un éxito enorme", dijo el hombre, que era organista, creo recordar, y tenía un pelo lacio y gris que le caía sobre el cuello de la chaqueta. No había razón para que yo pusiera en duda aquellas afirmaciones, y hasta el día de hoy no podría decir cuál fue la profesión de Kurtz, si es que tuvo alguna: cuál fue el mayor de sus talentos. Lo había tomado por un artista que escribía para los periódicos, o por un periodista que pintaba; pero ni siquiera el primo (que estuvo tomando rapé durante toda la conversación) pudo decirme a qué se había dedicado exactamente. Era un genio universal: sobre este punto estuve de acuerdo con el viejo, que entonces se sonó ruidosamente la nariz con un gran pañuelo de algodón y se retiró con agitación senil llevándose algunas cartas de familia y memoranda sin importancia. Por último, se presentó un periodista ansioso por saber algo del destino de su "apreciado colega". Este visitante me informó de que la esfera más adecuada para Kurtz habría debido ser la política, "del lado popular". Tenía cejas espesas y rectas, pelo hirsuto y muy corto, un monóculo colgado de una cinta ancha, y, poniéndose expansivo, me confesó que según su opinión Kurtz realmente no sabía escribir... "¡Pero por los cielos, cómo hablaba ese hombre! Electrizaba a las multitudes. Tenía la fe, ¿se da cuenta?, tenía la fe. Podía convencerse de cualquier cosa, realmente de cualquier cosa. Habría sido un espléndido líder de un partido extremista." "¿De qué partido?", le pregunté. "De cualquiera", respondió el otro. "Era un... un extremista" ¿No me lo parecía? Asentí. ¿Sabía yo, preguntó el hombre en un repentino acceso de curiosidad, "qué fue lo que lo indujo a viajar allá"? "Sí", le dije, y en el acto le entregué el famoso informe por si considerara conveniente publicarlo. Le echó una mirada presurosa, murmurando todo el tiempo, juzgó que "podría funcionar" y se marchó con su botín.

»Así me quedé al final con un paquete de cartas y con el retrato de la chica. Me pareció hermosa; quiero decir que tenía una expresión hermosa. Bien sé que hasta la luz del sol puede mentir, pero uno sentía que ninguna manipulación de la luz o de la pose habría podido transmitir el delicado tono de sinceridad de aquellos rasgos. Parecía lista para escuchar sin ninguna reserva, sin sospechas, sin pensar en sí misma. Decidí que iría yo mismo a devolverle el retrato y las cartas. Curiosidad, sí. Y tal vez algún otro sentimiento. Todo lo que había pertenecido a Kurtz se me había escapado de las manos: su alma, su cuerpo, su estación, sus planes, su marfil, su carrera. Solo quedaban su memoria y su prometida; y yo quería en cierto modo dejar también eso en el pasado: entregar personalmente todo lo que me quedaba de él a ese olvido que es la última palabra de nuestro destino común. No me defiendo. No tenía una comprensión muy clara de lo que realmente quería. Tal vez era un impulso de lealtad inconsciente o la satisfacción de una de esas necesidades irónicas que se emboscan entre los hechos de la existencia humana. No lo sé. No puedo decirlo. Pero allá fui.

»Pensé que su recuerdo era como los demás recuerdos de los muertos que se acumulan en el curso de la vida de un hombre —una vaga impresión hecha en el cerebro por sombras que han pasado por él durante su tránsito último y veloz—, pero ante la puerta grande y pesada, en medio de las altas casas de una calle tan tranquila y decorosa como la cuidada alameda de un cementerio, lo vi de repente sobre la camilla, abriendo la boca vorazmente como para devorar la tierra entera con toda la humanidad. En ese instante estuvo vivo delante de mí, más vivo de lo que había estado jamás: una sombra insaciable de apariencias espléndidas, de realidades horrorosas, una sombra más oscura que la sombra de la noche, noblemente envuelta en los pliegues de una espléndida elocuencia. La visión pareció entrar a la casa conmigo: la camilla, los portadores fantasmas, la salvaje multitud de obedientes adoradores, la penumbra de los bosques, el resplandor del tramo del río entre los recodos turbios, el redoble del tambor sordo y regular como los latidos de un corazón, el corazón de las tinieblas vencedoras. Fue un momento triunfal para la selva, un torrente invasor y vengativo que me pareció que debía mantener a raya, yo solo, para la salvación de otra alma. Y el recuerdo de lo que le oí decir allá lejos, mientras a mis espaldas las figuras cornudas se agitaban en el resplandor de las hogueras, dentro de la paciente espesura, esas frases rotas volvieron a mí, se oyeron de nuevo en toda su ominosa y aterradora simpleza. Recordé sus abyectas súplicas, sus abyectas amenazas, la colosal escala de sus viles deseos, la mezquindad, el tormento, la angustia tempestuosa de su alma. Y poco después me pareció ver el ademán lánguido y sereno cuando un día me dijo: "Este lote de marfil ahora me pertenece de verdad. La compañía no pagó por él. Lo recogí yo mismo a costa de un gran riesgo personal. Pero me temo que tratarán de reclamarlo como suyo. Es un asunto difícil... ¿Qué le parece que debo hacer? ¿Resistir? ¿Eh? Solo quiero justicia...". Solo quería justicia, ¡solo justicia! Llamé al timbre delante de una puerta de caoba en el primer piso y mientras esperaba tuve la impresión de que el hombre me miraba desde los paneles vítreos: me miraba con esa mirada amplia e inmensa que abarcaba, condenaba, detestaba el universo entero. Me pareció oír aquel grito susurrado: "¡El horror! ¡El horror!".

»Caía el crepúsculo. Tuve que esperar en un salón majestuoso con tres largas ventanas que iban del techo al suelo como tres columnas luminosas y drapeadas. Las patas y los respaldos de los muebles, torcidos y dorados, brillaban en curvas indefinidas. La alta chimenea de mármol era de una blancura fría y monumental. En una esquina, sólido, descansaba un piano cuyas superficies lisas soltaban destellos oscuros, como un sarcófago sombrío y lustroso. Una puerta alta se abrió, se cerró. Me puse de pie.

»Se dirigió hacia mí toda de negro, con la cara pálida, flotando en la penumbra. Estaba de luto. Había pasado más de un año desde su muerte, más de un año desde que llegaran las noticias; parecía como si ella fuera a recordarlo y guardar luto para siempre. Me tomó ambas manos entre las suyas y murmuró: "Me dijeron que vendría". Me di cuenta de que no era muy joven; no parecía una niña, quiero decir. Tenía una capacidad, una madurez para la fidelidad, la fe, el sufrimiento. La habitación parecía haberse oscurecido como si toda la triste luz de la tarde nublada se hubiera refugiado en su frente. El pelo rubio, el semblante pálido, la frente pura, parecían rodeados de un halo ceniciento desde el cual me miraban los ojos oscuros. La mirada era cándida, profunda, segura y confiada. La mujer llevaba su triste expresión como si estuviera orgullosa de esa tristeza, como si dijera: "Solo yo sé llorarlo como se merece". Pero mientras nos dábamos la mano, su cara se cubrió de una expresión de terrible desolación, tan intensa que me di cuenta de que no era una de esas criaturas con las que juega el tiempo. Para ella, él había muerto apenas ayer. Y por Dios, la impresión fue tan poderosa que

para mí también era como si hubiera muerto ayer, no, en ese momento. Los vi a ella y a él en el mismo instante... la muerte de él, el dolor de ella... vi el dolor de ella en el mismo instante de la muerte de él. ¿Entienden? Los vi juntos, los oí juntos. Ella había dicho, tomando aliento profundamente: "He sobrevivido". Y mientras tanto mis oídos fatigados parecían oír claramente, mezclado con el desesperado lamento de ella, el susurro final de él, el susurro de su eterna condena. Me pregunté qué estaba haciendo allí, y una sensación de pánico me embargó el corazón como si hubiera llegado distraídamente a un lugar de misterios crueles y absurdos, no aptos para la contemplación humana. Me llevó hasta una silla. Nos sentamos. Dejé el paquete delicadamente sobre la mesita y ella puso su mano encima... "Usted lo conoció bien", murmuró después de un momento de luctuoso silencio.

»"La intimidad crece rápidamente allá", dije. "Lo conocí tan bien como un hombre puede conocer a otro."

»"¡Y lo admiraba!", dijo ella. "Es imposible conocerlo y no admirarlo. ¿No es así?"

»"Era un hombre notable", dije vacilante. Enseguida, ante la atractiva fijeza de su mirada, que parecía atenta a la aparición de nuevas palabras en mis labios, continué: "Era imposible no...".

»"Amarlo", terminó ella ansiosamente, dejándome hundido en un atroz mutismo. "¡Muy cierto! ¡Muy cierto! ¡Y pensar que nadie lo conoció tan bien como yo! Yo disfrutaba de toda su noble confianza. Lo conocí mejor que nadie."

»"Lo conoció mejor que nadie", repetí. Y acaso fuera cierto. Pero con cada palabra la habitación se hacía más oscura y solo la frente de la mujer, suave y blanca, permanecía iluminada por la luz inextinguible de la fe y el amor.

»"Usted fue su amigo", continuó. "Su amigo", repitió en voz más alta. "Debió haberlo sido, puesto que él le entregó esto y lo envió a verme. Siento que a usted le puedo hablar... y necesito hablar. Quiero que usted, usted que oyó sus últimas palabras, sepa que he sido digna de él... No es orgullo... ¡Sí! Me enorgullece saber que lo conocí mejor que nadie sobre la tierra: él mismo me lo dijo. Y desde que murió su madre no he tenido a nadie con quien... con quien..."

»Yo escuchaba. La oscuridad se hacía más profunda. Ni siquiera estaba seguro de que Kurtz me hubiera dado el paquete correcto. Tengo la sospecha de que él quería que yo cuidara de otro montón de papeles que, después de su muerte, vi examinar al director bajo la lámpara. Y la mujer hablaba, hablaba para aliviar su dolor con la certeza de mi compasión, hablaba como beben los sedientos. Yo había oído decir que su compromiso con Kurtz no había tenido el visto bueno de los suyos. Él no era lo bastante rico, algo así. Y de hecho no estoy seguro de que no haya vivido en la pobreza toda su vida. Él me había dado motivos para pensar que había sido la impaciencia de una relativa pobreza lo que lo llevó allá.

»"... ¿Quién que lo haya oído hablar una sola vez no fue su amigo?", decía ella. "Él atraía a los hombres por lo mejor que había en ellos." Me miró con intensidad. "Es el don de los grandes", continuó, y el sonido de su voz baja pareció tener el acompañamiento de todos los sonidos de misterio, desolación y pena que yo hubiera oído en la vida: las ondas del río, el rumor de los árboles mecidos por el viento, los murmullos de la muchedumbre, el leve timbre de las palabras incomprensibles que alguien grita en la distancia, el susurro de una voz que habla desde más allá del umbral de unas tinieblas eternas. "Pero usted lo ha oído. ¡Usted sabe!", exclamó ella.

»"Sí, lo sé", dije con el corazón lleno de algo parecido al desconsuelo, pero inclinándome ante la fe que veía en ella, ante esa gran ilusión salvadora que brillaba en las tinieblas con un fulgor que no era de este mundo, en las tinieblas victoriosas de las cuales no la hubiera podido defender: de las cuales no me podía defender ni siquiera yo mismo.

»"Qué pérdida para mí... para nosotros", se corrigió con hermosa generosidad. Enseguida añadió en un murmullo: "Para el mundo". Con los últimos resplandores del crepúsculo alcancé a ver los destellos de sus ojos llenos de lágrimas: de lágrimas que no querían caer.

»"He sido muy feliz... muy afortunada... me he sentido muy orgullosa", continuó. "Demasiado afortunada. Demasiado feliz, durante un momento. Y ahora soy infeliz para... para toda la vida."

»Se puso de pie. Su pelo claro pareció capturar toda la luz restante en un resplandor dorado. También yo me levanté.

»"Y de todo esto", siguió con voz apesadumbrada, "de todo lo que prometía, de toda su grandeza, de su mente generosa, de su noble corazón, nada queda: nada más que el recuerdo. Usted y yo...".

»"Siempre lo recordaremos", me apresuré a decir.

»"¡No!", exclamó. "Es imposible que todo esto se pierda: que una vida semejante pueda sacrificarse sin que nada quede más que el dolor. Usted sabe cuán ambiciosos eran sus planes. Yo también lo sabía... tal vez no llegaba a entenderlos... pero otros los conocían. Algo debe permanecer. Sus palabras por lo menos no han muerto."

»"Sus palabras permanecerán", dije.

»"Y su ejemplo", susurró para sí misma. "Los hombres lo admiraban... su bondad relucía en cada una de sus acciones. Su ejemplo..."

»"Es verdad", dije, "también su ejemplo. Sí, su ejemplo. Lo había olvidado".

»"Pero yo no. No puedo... no puedo creer... no todavía. No puedo creer que no lo veré nunca más, que nadie lo verá nunca más, nunca, nunca, ¡nunca!".

»Extendió los brazos como persiguiendo a una figura que huyera, y los brazos se alargaron, negros y con las manos juntas y apretadas, a través del brillo apagado y estrecho de la ventana. ¡No verlo nunca! Yo lo vi muy claramente en ese instante. Veré a este espectro elocuente en lo que me queda de vida y la veré también a ella, una sombra trágica y familiar parecida en su gesto a otra sombra, trágica también y engalanada con amuletos impotentes, que alargaba sus morenos brazos desnudos sobre el resplandor de la corriente infernal, la corriente de las tinieblas. De repente dijo en voz muy baja: "Murió como vivió".

»"Su final", dije yo, con una rabia sorda que comenzaba a surgir dentro de mí, "fue en todo sentido digno de su vida".

»"Y yo no estaba con él", murmuró ella. Mi rabia cedió a un sentimiento de infinita piedad.

»"Todo lo que pudo hacerse...", balbuceé.

»"Ah, pero yo creía en él más que nadie en el mundo... más que su propia madre, más que... él mismo. Me necesitaba. ¡A mí! Yo hubiera atesorado cada suspiro, cada palabra, cada señal, cada mirada."

»Sentí una fría presión en el pecho. "No...", dije con voz sorda.

»"Perdóneme. Lo he... lo he llorado tanto tiempo en silencio... en silencio... ¿Usted estuvo con él hasta el final? Pienso en su soledad. Sin nadie a su lado que lo comprendiera como yo lo habría comprendido. Tal vez nadie que oyera..."

»"Hasta el final", dije tembloroso. "Yo oí sus últimas palabras..." Me detuve espantado.

»"Repítalas", murmuró ella en tono desgarrado. "Quiero... quiero... algo... algo con lo que vivir."

»Estuve a punto de gritarle: "¿No las oye?". El crepúsculo las repetía a nuestro alrededor con un persistente susurro, un susurro que parecía crecer amenazante como el primer susurro de un viento que se levanta. "¡El horror! ¡El horror!"

»"Su última palabra... para vivir con ella", insistió. "¿No entiende usted? Yo lo amaba... lo amaba... lo amaba."

»Conseguí dominarme y hablé lentamente.

»"La última palabra que pronunció fue... su nombre."

»Oí un suspiro leve y después mi corazón se detuvo, se paró en seco ante un grito exultante y terrible, un grito de inconcebible triunfo y dolor inefable. "¡Lo sabía! ¡Estaba segura!"... Ella lo sabía. Ella estaba segura. La oí llorar; había escondido el rostro entre las manos. Me pareció que la casa se vendría abajo antes de que lograra escapar, que el cielo me caería sobre la cabeza. Pero no sucedió nada. Los cielos no caen por semejantes nimiedades.

»¿Hubieran caído, me pregunto, si le hubiera rendido a Kurtz la justicia que merecía? ¿No había dicho él que solo quería justicia? Pero no pude hacerlo. No pude decírselo a ella. Habría sido demasiado siniestro... demasiado siniestro...

Marlow calló y se sentó aparte, indistinto y silencioso, en la postura de un Buda meditativo. Durante un rato nadie se movió.

—Hemos perdido el primer reflujo —dijo de pronto el director.

Levanté la cabeza. El horizonte estaba oculto por un negro banco de nubes, y la tranquila corriente que llevaba a los más remotos confines de la tierra fluía sombría bajo un cielo cubierto... Parecía llevar al corazón de una inmensa oscuridad.